妳留下的十一個約定

曾依達——著

目次

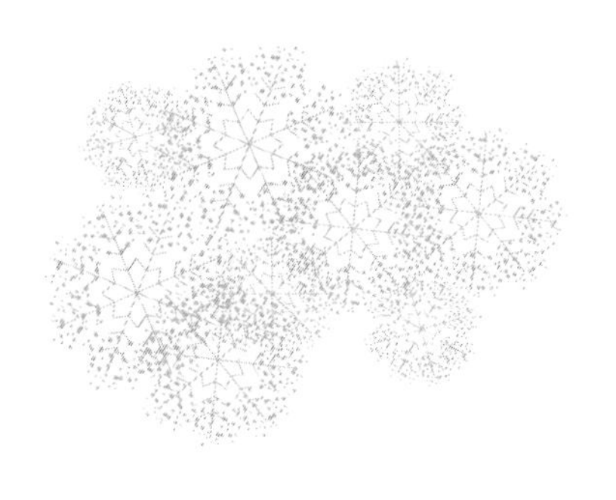

第一章　爭執

車窗外的雨勢失控的下著，我和小敏的溝通也失控了。

車子轉入太原路，小敏遲遲不回答我，只是低首默坐著。

「我要調頭了，你我都清楚，這頓飯必定吃得難受，有什麼事現在說一說吧！」

小敏保持沉默。

我轉向副駕駛座，氣急敗壞的想說些什麼。一看見小敏驚訝的神情，我立刻回頭，只見一臺機車從我們的左前方斜斜的竄出。為了閃避那機車，我本能性的將方向盤往右轉，在一陣尖銳的剎車聲停息後，我低聲的咒罵了幾句。

一絲不安竄上我的背脊。

我轉頭望向小敏，除了那以一種枯萎植栽般垂頽著的頭頸角度使我心跳停止外，車窗上那朵懾人的血之花，彷彿也在那一瞬抽乾了我全身的血液。

我覺得自己像是隻待宰的豬，眼睜睜的看著自己被放乾了血，驚恐卻又麻木的癱在輸送帶上，等著被推入屠宰機中。

忘了是怎麼將車停到路邊的，我只記得，我說了好多好多遍的「對不起」。

水銀路燈下，一切的色調都變得如此詭譎。

小敏額角所「親吻」的副駕駛座車窗，令人怵目驚心的放射狀裂痕，彷彿玻璃在吸取了小敏的生命之後，幻化成了一朵雪白的花朵，一朵吸取人類生命而成長茁壯的妖花。

我左手緊握著方向盤，右手輕輕的晃了晃她的肩膀。「咦？」我揚起了雙眉，直至它們所能上昇的最大幅度，然後，我的雙唇漸漸顫抖，扭曲。我的手像是觸碰了沸騰水壺上方的蒸氣般，迅速的抽回。

怎麼辦？她沒有反應！

「小敏……敏……」看著額角緩緩下流的血液，我的叫喚聲漸漸低沉，變得嘶啞，像是一臺耗盡電力卻依然勉力維持運作的放音機般，最後只能發出「喀、喀、喀」微弱卻又刺耳的響聲。

小敏的臉色慘白，不，那是我以先入為主的觀念所產生的猜測。嚴格來說，水銀燈的冷眼照射，路口閃光黃燈的嘲笑閃爍，車內儀表板上的刺眼紅光，讓小敏變得難以直視。那似紫又紅，卻又帶著灰濛濛淺藍的臉色，襯著右額那道殷紅卻又透著黑亮的血河，活像墮入地獄的受難天使，就這麼皺著眉咬著牙抱著胸，躺在地獄的業火中代人受罪。

她，是代我受罪。

「18點32分！」本能性的拿出手機，讀了螢屏上的時間。反射性的點了LINE的新訊息提醒，我驚覺自己的可笑，我的女友就這樣癱在我的副駕駛座上，而我，竟然拿起了手機，點看著App程式。

反射性的拿起手機很可笑，更可笑的是，這竟然讓我慢慢的冷靜了下來。

「醫院！」我得救般的低語。前一刻我還思考著如何向小敏解釋和道歉，但，這一刻的我意識到，她的健康與安全才是首要的考量。

腦中思緒越拉越遠，回到了剛見她的那一天。

第二章　初遇

小樽運河，在旅遊節目中已數次神遊。

原為煤炭輸出港的小樽，雖曾面臨將被填為幹道的命運，但在繁亂蕪雜的周邊設施被先一步拆除後，運河的魅力重新展現在世人面前。

運河夾岸多為退役的倉庫。褪色的漆印難捨斑駁的壁面，陳年的鏽蝕眷戀著厚實沉重的鐵門，川流的人潮和鼎沸的人聲彷彿從來不曾離開這小鎮，儘管他在人們心目中的地位已完成了一次革命性的改變。

我就是在那裡遇見她的。那是一場被所有認識我的親朋好友們稱為「命運般相遇」的一場邂逅。

我參加了北海道旅行團，接連幾天，映入眼簾全是牛、羊、馬、田野、牛、羊、馬、田野、牛、羊、馬、田野，喜愛人文藝術勝過自然風光的我，暗暗的抱怨

自己在挑選行程時沒下功夫。

行程第三天的下午，遊覽車接近小樽運河，下車前，導遊宣佈：「三個小時後集合。」

「我晚上自己回飯店。」覺得三小時太短的我，不知哪來的勇氣，向導遊申請了脫隊行動。

插在口袋中的手握著印有飯店住址及電話的名片，我忽然不知從哪裡迸起。閉上眼，回想那些在台中商港當兵的日子，搜尋記憶裡繁忙港區的一磚一瓦、一人一物，試著拼湊出小樽過往的風華。

睜開眼，兩個小樽忙碌的疊合。

河岸邊，綠藤慢慢爬上倉庫，掩去牆上陳年的煤灰，斑駁強勢的倚上磚牆，蓋掉不少磚屑和漆片；旅人的歡笑和拍照前的倒數聲，掩蓋工人們的么喝聲和煤炭轉運量的計數聲；會社老闆和他的心腹坐上人力車，在跳下車的瞬間卻變成了三個興奮不已的高中生；因生活重擔而滿臉皺紋的佝僂車伕，身子慢慢挺拔、肌膚變得平整而富有光澤，衣服上的煤灰被倏然抖落，充滿活力的應乘客要求，留影紀念。運河河水的顏色依然相同，卻又不太相同，好像淡了一個色階，好像少了些什麼。

運河沿岸的倉庫，大多改建為特色餐廳，很有默契的，他們都未改變倉庫的外觀，一起為「守舊」努力。在這裡，傳統與現代充份調和，調和出的複雜，注滿了這杯「小樽」，醉了所有到此輕呷過的遊人。在這裡，「舊」不是包袱，更不是累贅。在這裡，「舊」是墊腳石，甚至是羅盤，引領著小樽人在新時代的海洋上穩健航行。

運河旁，遊客潮水般湧上紀念品攤販，激起一陣喧囂的浪花後，悄悄的退開。

「這裡太美了，使紀念品相形失色。」有個中國旅客用帶有四川腔調的中文大聲的說。

「正因為如此，所以你只要一千日幣就可以得到它。」我指著印有小樽一隅的T恤說。

我不喜歡陸客，甚至到了幾近討厭的狀況。每到一個地方，他們總是大聲嚷嚷，好像大家都很想聽見他們的評論或分析似的。

對方白了我一眼。攤販老闆依然笑著，他應該聽不懂中文吧！我想，只有在陌

生的地方，我才可以放縱自己這樣尖酸。

「沒禮貌，別丟臺灣人的臉！」猶如利刃的話語刺進我的背脊。

我轉身尋找聲音的主人。

她穿著印有「捐血救人」字樣的T恤，頭頂著中華職棒興農牛隊的草綠色鴨舌帽，背著大大的紅色登山背包，手上握著一本做滿密密麻麻筆記的旅遊導覽書。

「你哪位？」我完全被她的語氣激怒了。

「正義的背包客！」她嚴正的說。

「呃……」那時，難以置信的心情讓不甘示弱、急於反擊的我，只能發出如此窩囊的聲音。

然後，我們大笑出聲，久久不能自已。

不知道熙來攘往的旅客是否注意到我倆的失態，但，我很明顯的感覺到，有些什麼在兩人之間迅速的滋長著。

原本的計劃是，隨人潮漫遊，這是最沒創意卻也最保險的作法。也許，這樣就不會錯過大家認為不該錯過的。

從小，我就是個循規蹈矩，害怕犯錯的小孩，更別說是叛逆。國小是班級模範生，國中是畢業典禮致詞代表，高中拿了所有畢業獎項中難度最高的全勤獎。如果要說我在日常生活中最叛逆的一件事，大概就是有時會故意將襪子丟在洗衣籃外吧！

脫隊一個下午，對我來說已是人生中最大的挑戰。沒想到，我竟然為了這個背包女孩取消了後半的旅行團行程。

我打電話給導遊，取回了行李，當起了「臨時起義」的背包客。我完全迷失了，迷失在這一段美好的邂逅中。

在小敏的協助下，妥當的安排了當晚的住宿後，我終於可以靜下心來，細品當地的人文風味。

一家又一家的琉璃坊，讓我嘆為觀止，商品種類之多，樣式之齊全，有新穎，有復古。過程中，我越來越難以將視線由她鴨舌帽下清新脫俗的臉龐移開。

最後，我挑了個海豚造型的小音樂盒，圓型鋼筒上突出的顆粒，會和長短不一的「鋼梳」們合作演出「天空之城」的主題曲。

如同宮崎駿「天空之城」故事中，女主角由空中翩然降落在男主角的眼前。小敏她，也翩翩然降臨在我的生命之中。

一個有著水族維生設備的小店讓我們佇足。簡明的陳設吸引我的目光，一座烤臺，面對著馬路，烤臺的前面，站在第一線招徠顧客的是新鮮的海產。盡責的牠們，躺在冷冽的水流中，謹慎又端莊的招著手。

耳邊響起友人的叮嚀：「烤扇貝很美味，一定要嚐一嚐。」價格是四百日幣，折合台幣後的心疼感，隨著「道地」二字消散在空氣之中。我指著扇貝，向老闆娘豎起食指，比了個「一」的手勢。老闆娘挑選一個新鮮的扇貝，放在烤臺上，並加上一些起司，一些調味料。貝殼上翻滾著湯汁，洶湧的傾覆我心中的疑慮之帆，消解我對攤販料理技巧的不信任。

等待的過程中，嘴饞的我又點了一個「大牡蠣」，老闆娘邊對著我比手劃腳邊點頭。老闆從補貨的行列中回到烤臺後，老闆娘低聲交待了老闆幾句。老闆從水槽中拿起兩個又大又肥的牡蠣。

「沙必斯，卡波。」他指著另一個牡蠣，頑皮的揚揚眉。

第一個詞我懂，是「免費招待」的意思。日本攤販做生意不喜歡被人殺價，卻會很主動的大方。

至於第二個詞，「卡波」……，我望向小敏，她臉紅個什麼勁啊？對了，「卡波」是英文的「情侶」，老闆娘和老闆將我們兩人誤認為情侶了。

「謝謝……」會意過來的我拼命道謝。雖然我一時情急而忘了使用日語，但從老闆親切的笑容中，我知道他已經感受到我的謝意。

接下來的三天，我只記得，我跟著一個擁有翅膀，卻偏愛走路的「天使」，走過很多地方。

走路的時候就拼命的感受，想把異國文化全吸收進常不聽使喚的腦袋瓜中。停下來時，吃飯、等車……時，我們盡情的聊旅遊、交換心得。一切都是那麼自然而然的發生了，怎麼說呢？這大概就是人們口中的「命中註定的奇蹟相遇」了吧！

唉！一切都是註定好的吧？

第三章　深交

一切都是那麼的自然。

她是員林人，我是彰化人，我們都生活在台中市。我們常開玩笑的說，我們是大台中生活圈成形的指標。

回台灣後半個月，我越來越想她。

「在逢甲夜市將照片給你，好嗎？」猶豫了好久，揣摩了好幾回，才電話約她。都這年代了，誰不用E-MAIL、LINE傳照片呢？沒錯，醉翁之意不在酒，我是那醉翁，照片是酒。

如果她答應，代表我有機會了。

「好啊！」電話那頭傳來好消息。不過我並沒有高興太久，她接著說：

「逢甲見，不過照片還是E-MAIL給我好了。」

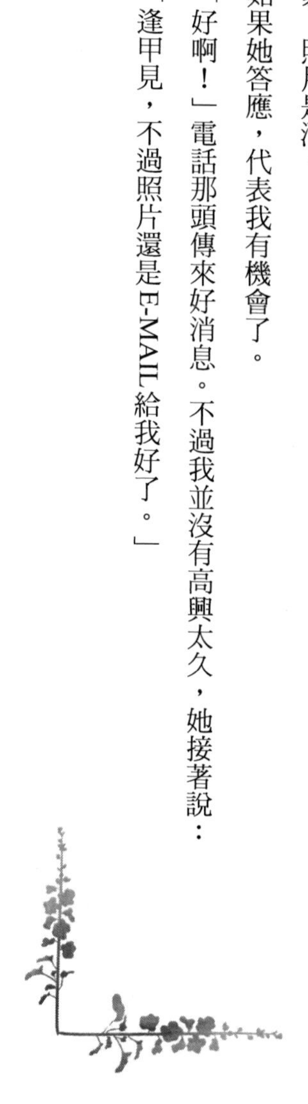

看來我拙劣的手法被完全洞悉了。

在夜市見面的那天，在逢甲大學的校門口，我第二次見到她，她是那麼的平凡，卻又那麼的出眾。

短版淺紫色的棉質帽T，展現纖腰；黑色半舊的運動短褲以及原為白色，現已褐灰的運動鞋，更襯出那因運動而健美的雙腿；鬆鬆的斜馬尾擺在右肩上；壓低的鴨舌帽遮住了半張臉。

她正低頭「敲打」著手機，看似在輸入些什麼。

「嗨！」我很驢的打招呼。

「噢，你到了，再等我一下，我正在給主廚回信。」她的眼光依然沒有離開手機。

「主廚？」疑惑在語氣中流竄。

「是啊，我是二廚。」她收起手機，抬頭看我。

「嗯……唔……是哪種菜的？」我實在夠驢了吧？

「鐵板燒！」回了話後，她逕自向前走。

在日本，我們只聊旅遊，只聊興趣，我只知道她的英文名字Claire，她也只知道我叫Paven。

在日本同行的三天，她表現得駕輕就熟。她引導話題，總是巧妙的避開我們的生平、職業、居住地等，彷彿這幾天一結束，這場邂逅將只剩下照片。

後來，交往後，我才知道，她是第一次在旅行時和陌生男子同行，所以想盡量表現出老練的態度，以保護她自己，其實她也是既興奮且緊張。

更後來，我才知道，那時，她把那次日本行當成是她的最後一次旅行，所以才會大膽跟我搭訕。

那晚，我只是跟在她的身旁，我完全忘了自己吃了什麼、喝了什麼。在小酒館裡，我一直品味著她的話語，然後不時拋出幾個問題。我在腦中不停的拼湊著這個女孩的美麗拼圖，每湊合了一片，就更想拼上另外一片。她也問我問題，但我的回答總是簡短。

「你是國中老師？」她驚訝的問。

「嗯！」

「教什麼的啊？體育？」她打量著我身上成套的體育服。

我不喜歡身上被捆綁的束縛感，所以襯衫、領帶、皮帶等，我一律敬謝不敏，幸而我的工作讓我的衣著十分自由。

「國文！」

「原來，難怪總是文謅謅的。」她露出一個鬼靈精怪的笑容。

「我這是有禮貌。」我也想回以一個鬼靈精怪的笑容，但看著她微蹙的眉頭，我知道我失敗了。

她的工時很長，每天早上七、八點進廚房，常到晚上十點還脫不了身。剛交往時，我們只能靠著LINE、簡訊來往。忙起來時，她傳給我的訊息總是只有表情符號。

某次，我抱怨她總是只傳表情符號來敷衍我，她卻說：

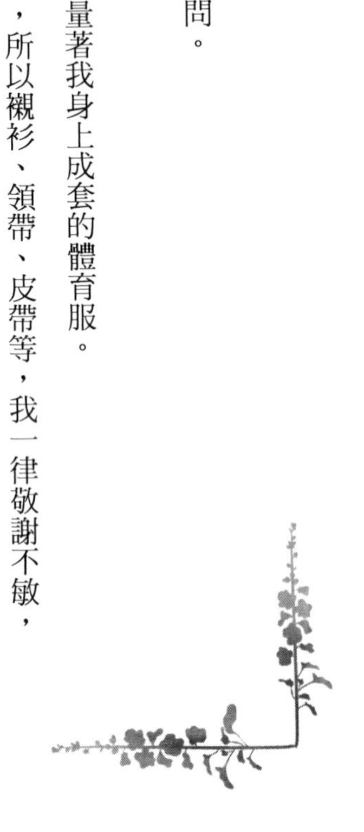

「又不是人人都是國文老師，連用LINE都能傳長篇大論。呵呵……」

「呵呵」也是她最常傳的訊息之一。

真正了解彼此，是在同居之後。

和很多朋友一樣，對我們來說，同居並不是很重大的決定。我去她的住處過夜，她來我的住處過夜，慢慢的，我這多了一套她的盥洗用具，多了幾件她的衣服。然後，我挪出一小半的衣櫃（廚師的衣服真的很少），挪出一大半的書架（對於一個上班時間那麼長的人來說，她的閱讀量是非常驚人的），料理臺上多了很多調味料，多了幾把刀子，多了一條圍裙。

同居半年後，又來到秋天，這個秋天，我倆又去了一趟日本，在踏上日本土地的那一剎那，我向她求婚。

個性一向溫吞的我，總是敬畏規矩，擔心別人的眼光。來到這異國的土地上，彷彿能讓我的性格轉變，變得積極、變得勇於冒險。仔細想想，我是在這樣的轉換

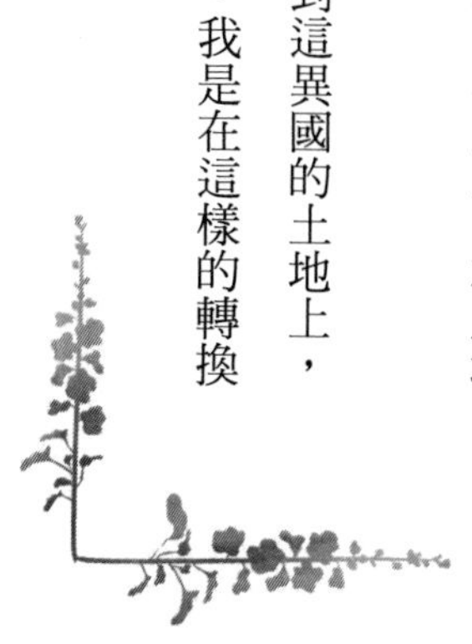

下認識了她，又是在這樣的轉換下向她求婚，如果，她應允了婚約，她喜歡的是真正的我嗎？還是，是在異國「進化」了的我呢？

她的應允沒有一絲猶豫與遲疑，但我卻沒有想像中的那麼高興，為什麼呢？我不知道她是否真的愛我。

或者是說，我不覺得她真的愛我。

最後，我才明瞭，是我不相信她真的愛我。

我總是這麼的沒有自信。

從小，生長在市郊的一個小鎮。那裡，是個再平凡不過的小鎮。

國小六年，國中三年，高中三年，我都只會唸書。

「唸好書就對了，其他的等長大有興趣、有時間了再學。」父母總是如此澆熄我開展生活體驗的想望。

遺憾的是，我竟然也這麼相信了。

長大後才發現，錯過了人格發展的黃金時期，一切都來不及了。

所幸，我悄悄發展一項不為人知的才能，到了高中一年級才漸漸顯露，那就是說故事。

從小，和弟弟擠同一張床的我，總是要編出各種故事哄他入睡。

「哥，再說一個故事啦！」

「好啦！」我拉起棉被，蓋住我們兩人，一邊說著臨時編造出來的幼稚故事，一邊豎起耳朵聽著爸媽的腳步聲。有好幾次，我們因晚睡而被逮個正著，遭受了懲罰，處罰卻讓故事變得更緊張刺激、更有魅力。

高中，讀的是男校，喜歡寫作的男生較少，畢竟，根據社會主流價值的評斷，男生要讀理工科系才會有前途。在接連的兩次文學獎中，我的小說都有不錯的成績，我更加的確信，或者該說是「誤認」了自己有這方面的才能。

雖說是確信，其實我並不那麼肯定，畢竟得到的只是校內的小小獎項。

我只會讀書，考運又不差，填志願時總是輕鬆不少。大學聯考時，我只填了十三個志願，清一色都是師範大學的中文系或是師範學院的語教系，因為，我想當個作家，但又擔心自己沒有能力，所以幫自己找了退路。

「我可以先當老師，空閒的時候再創作。」爸媽被我說服了。

當然囉，因為連我都被自己說服了。

在學校，我總是輔導著學生得獎，得一個又一個我以前夢寐以求的獎項，然而，我自己的投稿卻都石沉大海，其中極少數的激起若有似無的水花，旋即消失無蹤。

世界級男高音帕華洛帝的父親曾這樣告訴他：

「如果你想坐在兩把椅子上，你可能會從兩把椅子中間掉下去。生活要求你必須要有選擇的坐到一把椅子上去。」

帕華洛帝當初想必是聽進了父親的建言。至於我，除了沒有睿智的父親，本身的才華也十分有限。

比掉進兩把椅子中間的情況更糟，我被緊緊卡在兩把椅子之間。

這樣的我，真的配得上這樣的女孩？完美的女孩。

小敏是個聰敏機靈、積極進取的女孩，中學時期，她的成績頂尖，毅然決然選擇餐飲學校時，跌破了眾人的眼鏡。她的級任導師還曾多次約談她，甚至到家訪談，只為了讓小敏回心轉意，改填法律學系，好讓學校的榜單更加的亮眼。

「興趣和職業相同，是人生最幸福的事。」聽完了老師的長篇利害分析後，小敏只回了這樣的一句話。

她的話很少，但總是能引起別人的注意。聚會時，大家都會挨在小敏身旁，等著她的簡短回應。回應雖然簡短，但，不是幽默詼諧，就是發人深省，常引起一連串的附和聲。

而我呢？總在我的話題即將進入高潮時，聽眾早已轉移注意力，自顧自的聊起自己的話題，或是索性起身找尋食物或飲料。

她還特有長輩緣，身為家中長女的她，總是能將長輩們「馴服」得妥妥帖帖的，包括我的親人們，無一不讚美她。

「你撿到寶了。」「你要顧好，別讓她跑了。」等等話語，在在的提醒著我配不上她。

她甜美的笑容，健康的身材，體貼的言行舉止，朝著夢想直進的堅毅，全都令我著迷，卻也令我恐懼。

我這小籠子，關得住這樣的大鳥嗎？

第四章　裂痕

二十七歲的我向二十五歲的她求婚成功，但婚期卻一直定不下來。

因為她正醞釀著自立門戶，開間理想中的創意鐵板燒餐館；而我，則以支持她事業的理由，拖延著做最後決定的期限。

求婚是重溫交往過程中所有美麗與夢幻的結晶，而結婚則需面對交往過程中爭執與摩擦的擴展。

後者，不只需要勇氣，還需要一點點的傻勁與衝動。

我有傻勁與衝動，卻連一丁點勇氣也沒有。

就在各自的忙碌生活中，一年的時間轉眼就過了。

民國一〇二年的農曆春節，我們各自返家一個星期，這是所有交往中情侶最難

熬過的一個節日吧！

大年初三，我開車接她回台中，一進房，情慾立刻填滿了整個房間。一輪溫存之後，我習慣性的由褲子口袋中摸出了煙盒。

「該戒了，很傷身。我很討厭那個味道！」前半句我已耳熟能詳，後半句卻是第一次由她的口中流洩而出，像是流進地下渠道的家庭廢水，低沉嗚咽，彷彿在抱怨著什麼一般。

「就一根。」表面努力維持平淡的我，內心的情緒卻是波濤洶湧。

終於來了，她終於對我膩煩了。

從那之後，她對我的抱怨越來越多，諸如吃飯的時間不正常、證件及繳費單常常亂丟、抽煙喝酒……

後來，我才知道，那不是抱怨，更不是嘮叨，而是叮嚀，是即將遠行之人擔憂的叮嚀。

我參加了一個文會，一群「號稱」喜歡寫作的男人組成的非公開社團，成員約有四五十人。我們沒有特定的集會場所，會長在「ＦＢ」上公佈集合時間和地點，有空的人就出席，每次參加聚會的人數約在二十人上下。

為什麼說是「號稱」呢？

因為，文會中有「幾個」喜歡寫作或喜愛閱讀的人，真的，只有「幾個」。

為什麼會有那麼多人參加呢？

因為集合地點的緣故。

集合地必須是個可以久坐的地點，還必須適合談話。有時是咖啡廳，有時是快餐店，有時是小酒吧！每次在酒吧舉行文會時，與會的人數總是特別多。慢慢的，會長從眾了，地點多半選在酒吧，畢竟，李白斗酒詩百篇嘛！

那些不愛閱讀也不喜寫作的人，總是只參加酒吧的文會。

會寫作的女人讓男人覺得難以親近，因為男人不喜歡女人比自己聰明；會寫作的男人讓女人感到魅力滿點，因為他們通常有理想、有堅持、有想法。

所以，這些「潛入者」身上的「配備」往往比真正的愛好者來得齊全。一本泰戈爾的漂鳥集、一疊白底紅線的信箋、一隻鋼筆以及一件半皺的襯衫。

在氣氛輕鬆的酒吧裡，五六個小桌上攤著紙和筆，酒瓶如工業區煙囪一般四處林立，煙霧由指間、煙灰缸上升起，在口鼻間亂竄。好多次，在酒意濃厚時，總會誤以為自己來到了工業革命時期的工業重鎮。當然，這樣的集會無法創造出任何物質上的產品，思想上的當然更不必提了。

不過，這樣的氛圍卻像是魔藥，灑在男人身上才會起化學反應的愛情魔藥。愛冒險的女性總會三兩成群，拉著椅子加入我們之中的某一桌。

那些男人總是說著連他們自己也似懂非懂的話題，可那些女人卻總是聽得津津有味。結果，誰能抵擋這樣的魔藥呢？男人總是牽著女人的手離開。當天晚上，那個女人會在男人的胯下或身上。

下次文會剛開始，那個女人會在男人的「嘴上」，當有新的女人被魔藥吸引後，舊的便會被男人擺在腦後，在那一列長長的「標本區」中。

我是這種男人嗎？我不是。

並不是我比較清高，不屑為之，而是我缺乏某種特質，讓女人總是不上我這桌來，就算上桌來了，不是「鳴金收兵」，就是轉戰別桌。

有一次。

「你看哈利波特嗎？」一位長相甜美的女子，一頭棕色的大波浪長髮。

「那是童書。」我的話讓她和她的朋友互看了一眼，我明顯的感覺到她的朋友在桌底用腳踢了踢她的腳，因為，她第一次踢到的是我的腳。接著，她們找個藉口換桌了。

還有一次。

「寫作和閱讀，你比較喜歡哪一個？」一名穿著淺綠緊身短洋裝、身材姣好的女人問。從她和朋友的打扮不難看出，她們來這只是打發時間，等待夜店開門。

「你比較喜歡小便還是大便？」

她們兩人直接起身，走回她們原本的座位去。

「喂！你不喜歡，我喜歡啊！」阿契不滿的說。

阿契也是文會中少數喜歡寫作的「異類」之一。他是最容易吸引女孩冒險的類型，長得帥、談吐好。

「你應該這麼說，寫作和閱讀就像是空氣和水，少了一樣人是無法活下去的，你們要我怎麼選？」阿契裝模作樣的說。

「不知道為什麼，看到她們就有氣。」我打從心底燃起一股無名火。

「那就帶她們去開房間，然後把氣統統都出在她們『身上』……」說完，阿契怪里怪氣的笑了起來。

小敏不喜歡我參加這個文會。

「注意身體，那裡太多煙酒了。」起初，她這麼勸我。

「那裡的人都太悲觀、消極了，只顧著及時行樂，你別去了。」這是她第一次和我同行參加文會後，在計程車上勸我。

「有那麼多的煙酒，還有……呃……女人，我很擔心你……，總之，不要再去文會了好嗎？」很明顯的，煙和酒絕對不是這句話裡的主角。

「你什麼都寫不成，又想裝成自己能寫的樣子，只好躲到那個黑暗的角落裡去，這真的對你有幫助嗎?或者，你只是到那裡尋求一絲安慰？」想當然耳，這是

「香菸事件」之後，她對著我說的。

嚴格來說，這話的後半段是她對著把自己關進浴室中的我吼的。

之後的兩個星期，我們進入了冷戰。雖然我們同居，但冷戰起來其實很容易。她在晚上十點到家時我已經睡了，至少我的房間已經熄燈了。而我早上七點就得出發到學校去上班，那時，她正酣暢的補眠著，至少，房間的門是關著的。

那兩個星期，我們連一句話都沒有交談過。

一直到事故發生的前一天。

「明天我放假。」正在監考的我接到了這封簡訊。

「嗯。在監考。」我心虛的補了後面那句，避免讓她覺得我太冷淡。

「晚上吃個飯好嗎？想和你聊一聊。」我的心揪了一下，該來的總是要來。

「好啊！我也想和你談談。」我一面回著簡訊，一面分神注視著兩個不安份的學生。

「在心之芳庭好嗎？之前聽小萱說起時，我們就約好要去了，只是一直沒有去

成。」

小萱，是小敏的妹妹。淑敏、怡萱，這對出眾的姐妹有著再平凡不過的名字，我身邊，反倒是有不少再平凡不過的朋友有著佶屈聱牙的名字。

「我回去接你？今天段考，五點放學。」

「五點嗎？我在校門口等你。」

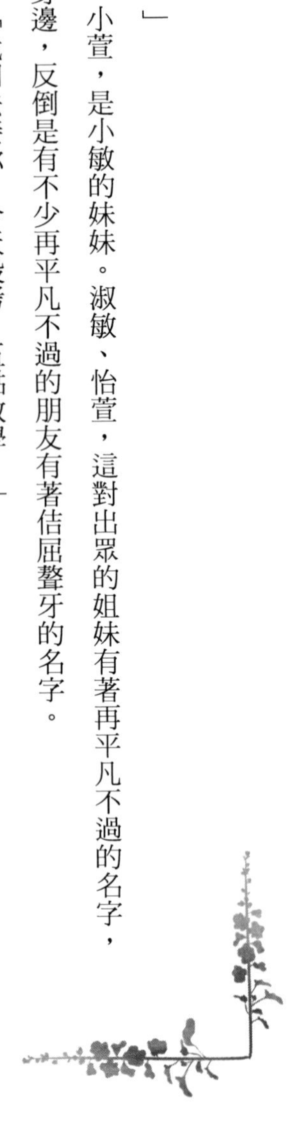

第五章　事故

五月二十六日，我所任教的學校正舉行第二次段考，我永遠忘不了那天。

學生們最後的一節考試是作文，我的任務就是發下作文題目與稿紙，然後，等著鐘響，再收回答案紙。

所以，我有整整的五十分鐘可以思考，理清我的情緒。

如果她提出分手，我是否放了她，讓她自由？畢竟她是個我匹配不起、照顧不來的好女孩。

如果她想要談和，我是否該積極點，和她敲定結婚的日程呢？

好樣的，卑鄙的我再次把做決定的責任推到了小敏身上。

鐘響，學生衝出教室。像是要澆灌他們因考試而焦枯乾萎的心靈似的，天空飄下了雨絲。

低著頭快步走向車子。不喜歡撐傘的我，總隨身帶著鴨舌帽，反正，只要頭髮和眼鏡不要被淋溼就好了。

一抬頭，我看到小敏正在車旁等著我，寶藍色的雨傘下，小敏依然美麗動人，是巧合嗎？她身上是第一次約會時所穿著的衣物。短版淺紫色的棉質帽T，黑色半舊的運動短褲，原本白色，現已褐灰的運動鞋，鬆鬆的斜馬尾擺在右肩上。

唯一不同的是那頂鴨舌帽，那頂帽子在某次約會時，忘在了電影院中，現在的這頂是我送給她的情人節禮物。

「第一次約會，在逢甲，你也是穿這樣。」

「你還記得？」剛冒出水面的驚喜氣泡，旋即又被哀怨的水波衝擊、打破，她低下頭，神情有些哀傷。

「走吧！」看來八九不離十了，今天她會提出分手。

車行來到台中市的環中路，雨勢陡然變大，黃豆般大的雨點嗶嗶剝剝的打在擋風玻璃上，打在我已薄透如紙的不安情緒上。我不捨，不捨這段感情就這樣結束，然而，比不捨更加強烈的是自責。

我責怪自己為何如此的不懂珍惜，在這之前，一切都還在來得及挽回及補救的時候，而不是現在，她即將向我提出分手，一切即將結束的時候。

下班尖峰，環中路的車速緩慢，下了大雨之後，車陣更是走走停停。一旁，搭建完成後準備納入七十四號快速道路的臺中生活圈四號道路，正疲憊的頹坐雨中。尚未完工的部份，裸露的鋼筋鏽漬突出混凝土表面，正流著坎坷的殷紅血淚；泥水順著排水孔汩汩傾洩，嘔吐著體內陳年的積怨塵土；紅色的施工機具鋼架，鉗住了嗚咽難以成聲的道路粗坯；暗黃的工地燈宛如殘燭般的隨風飄搖，光線吞吞吐吐的閃爍。

一道厚實的雲層橫亙遠方山邊，彷彿一條久經搓洗的舊抹布，積年累月的深灰和淺灰間，雜著些許不自然的漂白。忽然，雲層的某一角，慢慢的向下陷落，現在，看起來更像一條兩端被吊掛在晾衣架上的溼抹布。

「看來，山裡下著大雨。」曾在山上打工過一段時間的我，對於這樣的天候較常人敏感一些。

「嗯。」

「我願變成童話裡，你愛的那個……」我的電話鈴聲響起。

「喂，你好，是楊先生嗎？我們想和你確認訂位，你們今天還會過來嗎？」

我將手機設為擴音，小敏也都聽見了。

「怎麼了嗎？」我試探的問。

「嗯，因為山裡雨太大，有些客人打來取消了訂位，所以想向你確認一下。」

電話那頭，服務生的語氣聽來有些無奈。

「我們正在路上。」小敏直接回答，回應了我詢問的眼神。

「嗯，那開車小心喔。」服務生掛上電話後，車內又陷入一片凝重。

「我今天有重要的事跟你說。」小敏像是想為自己的任性辯解。

「嗯。」我下意識的哼了一聲。

凝重的氣氛固滯在車裡，在充滿霧氣的車窗上，在水漬斑斑的格紋腳踏墊上，在雨刷來回喀嘰喀嘰攪動的擋風玻璃上，這些不安與猜疑通通被吸進帶有些許霉味的車內空調後，又被再次吹送出來，不斷循環。霉味越來越重，不安與猜疑也是。

無力承受卻又無法打破如此難堪氣氛的懦弱的我，從扶手箱中拿出香煙與打火機，心虛的往嘴裡塞了根煙。

「又抽煙？跟你交代過幾次了？」小敏顯露出少見的不屑。

「交代？」我重覆了一次，但語調是上揚的。

理智線瞬間繃斷。「交代」這詞是高高在上的人對著低三下四的人使用的吧？腦海中閃過多幅畫面，每個畫面裡都有著同一種表情，那是聽到「跟你交代過幾次了」這句話之後的表情。每一個表情的主人都是一位極不上進的學生，讓老師頭疼、讓同學不屑與之為伍的學生。

天啊，我有那麼糟嗎？糟到和那些考試不及格、補考忘了唸、再補考還是不通過、被老師罰寫還忘了寫的學生一樣噁心難耐嗎？

那些被我這樣辱罵的學生心裡也是這樣難受嗎？還是他們沒有像我一樣的羞恥

心，才會讓自己淪落到那種地步？

還是，我也是沒有羞恥心而淪落到這種地步的人，只是我自己沒發現罷了？

腦中混亂一片，我點煙好壓制心中想大吼的慾望，因為，想把煙順利點著必須吸氣。

吸氣讓我冷靜下來，灼熱的白色的懸浮粒子刺痛著我的喉頭，磨刮著我的氣管，沒有什麼比痛覺更能讓人冷靜的了。

車窗外的雨勢失控的下著，我和小敏的溝通也失控了。

車子轉入太原路，小敏遲遲不回答我，只是低首默坐著。

「我要調頭了，你我都清楚，這頓飯必定吃得難受，有什麼事現在說一說吧！」

小敏保持沉默。

我轉向副駕駛座，氣急敗壞的想說些什麼。一看見小敏驚訝的神情，我立刻回頭，只見一臺機車從我們的左前方斜斜的竄出。為了閃避那機車，我本能性的將方向盤往右轉，在一陣尖銳的剎車聲停息後，我低聲的咒罵了幾句。

一絲不安竄上我的背脊。

我轉頭望向小敏，除了那以一種枯萎植栽般垂頽著的頭頸角度使我心跳停止外，車窗上那朵懾人的血之花，彷彿也在那一瞬抽乾了我全身的血液。

我覺得自己像是隻待宰的豬，眼睜睜的看著自己被放乾了血，驚恐卻又麻木的癱在輸送帶上，等著被推入屠宰機中。

忘了是怎麼將車停到路邊的，我只記得，我說了好多好多遍的「對不起」。

水銀路燈下，一切的色調都變得如此詭譎。

小敏額角所「親吻」的副駕駛座車窗，令人怵目驚心的放射狀裂痕，彷彿玻璃在吸取了小敏的生命之後，幻化成了一朵雪白的花朵，一朵吸取人類生命而成長茁壯的妖花。

我左手緊握著方向盤，右手輕輕的晃了晃她的肩膀。「咦？」我揚起了雙眉，直至它們所能上昇的最大幅度，然後，我的雙唇漸漸顫抖，扭曲。我的手像是觸碰了沸騰水壺上方的蒸氣般，迅速的抽回。

怎麼辦？她沒有反應！

「小敏……敏……」看著額角緩緩下流的血液，我的叫喚聲漸漸低沉，變得斷

啞，像是一台耗盡電力卻依然勉力維持運作的放音機般，最後只能發出「喀、喀、喀」微弱卻又刺耳的響聲。

小敏的臉色慘白，不，那是我以先入為主的觀念所產生的猜測。嚴格來說，水銀燈的冷眼照射，路口閃光黃燈的嘲笑閃爍，車內儀表板上的刺眼紅光，讓小敏變得難以直視。那似紫又紅，卻又帶著灰濛濛淺藍的臉色，襯著右額那道殷紅卻又透著黑亮的血河，活像墮入地獄的受難天使，就這麼皺著眉咬著牙抱著胸，躺在地獄的業火中代人受罪。

她，是代我受罪。

「18點32分！」本能性的拿出手機，讀了螢屏上的時間。反射性的點了LINE的新訊息提醒，我驚覺自己的可笑，我的女友就這樣癱在我的副駕駛座上，而我，竟然拿起了手機，點看著App程式。

反射性的拿起手機很可笑，更可笑的是，這竟然讓我慢慢的冷靜了下來。

逃至車外，任由大雨澆透了我的頭髮，討厭眼鏡鏡片上沾上雨滴的我，此刻正任由雨水在鏡片上裡裡外外的攀爬、垂降。

「醫院！」我得救般的低語。前一刻我還思考著如何向小敏解釋和道歉，但，這一刻的我意識到，能讓她活下來將會是首要的考量。

「18點33分。」我默誦著手機上顯示的時間。

拉開車門，我決定送她到醫院，不管結果如何，我都承受，因為她曾愛過我。用顫抖的手指設定了導航，冰冷的系統色調上顯示通往最近的醫院只要三分鐘。繫好安全帶，我打了方向燈，當我看向後視鏡時，只見後方一輛大車那高聳又刺眼的車燈快速的接近中，我按捺住不安，想等它通過後再進行回轉。

那時的我覺得那接近的車燈有著說不出的違和感，身處重大變故的我不及多想，只是緊握著方向盤，等待著那一對車燈從我身旁駛過。

轟的一聲巨響，脖子感到扭絞，緊接著是頭及胸口感受到撞擊，痛楚還來不及襲擊我之前，我已經失去了意識……

第六章　死別

真正明確的感到痛楚時，我人已在醫院的病床上。

雖然頭痛欲裂，我還是一眼就認出了這裡是急診室。

「輕微的腦震盪，胸口有些剉傷，算是不幸中的大幸。」醫生對著我說。

站在醫生一旁的是小萱和她的丈夫。小萱是小敏的妹妹，也是小敏唯一的親人。

「小敏呢？」我問。

「我先去忙了。」醫生點頭致意後就匆匆的離開了。

「小敏人呢？」我從小萱和她丈夫的神情中嗅到了一絲端倪。

我回想起車禍前的那一幕，那朵魔幻之花，那枯萎植栽般低垂的頭頸角度。

小萱對我搖了搖頭，表情有些氣憤，像是在責怪我害死了小敏。她的丈夫則拍了拍她的肩膀，她忽然開始流淚，泣不成聲。

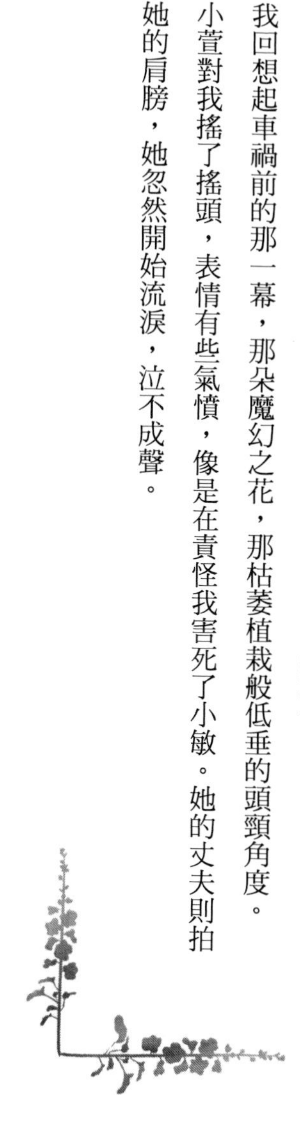

「敏姐走了。」小萱的丈夫以極低的音量說，卻轟隆轟隆的傳進了我的耳朵裡，我一度以為車禍讓我的聽力受損了。

六月六日，事故後的第二十一天，小敏的葬禮。

小敏的親友不多，喪禮辦得很簡單。在納骨塔安置骨灰後，小萱將小敏生前自己最喜歡的一張照片發給所有參加的人。

至於是哪張呢？我並不知道，因為，小萱沒有給我，我也沒有主動向她要。

喪禮上，我沒有哭。嚴格來說，從小敏過世到喪禮，這二十一天裡，我連一滴眼淚都沒有流。

是不是我不夠愛她？我常這樣問自己。

可是，我卻又難過得接近窒息。病床上躺了兩天，漫長又短暫的兩天。望著醫院的天花板，我只想趕快逃離這個單調的地方，讓我不再想起那場事故。出院時卻又覺得這兩天很短暫，因為，我的腦海中只往復盤旋著一件事，那場事故。

出了院，回到學校，同事們都知道這件事情，卻又隻字不提，讓我更加心煩。那憐憫的表情，那同情的眼神，在在都化為利刃，無聲的刺入我的心頭，或快或慢，或輕或重，或割或剮，或一刀或很多刀。

握著小敏送我的鋼筆，瞥見手機裡她曾傳給我的訊息，滑鼠游標滑過筆記型電腦桌面上她所下載的食譜，辦公桌上的名片夾，桌面軟墊下的合照……

不上課的空堂，我投入全副精神修改我的講義，課本補充講義、中國文學史講義、作文講義、成語造句講義、名作閱讀講義……

彷彿想爭取終身教育成就獎一般，我拚命的重新排版、修訂錯誤、增添內容……

直到有課的時候，班級上的「小助手」會來到辦公室，押著我到教室去，逼迫我心不在焉的講著課本的內容。

不過，我一滴淚都沒流。

難不成，我天生就有著冷血殺手的基因？

年幼時，父母責罵我，有時我會幻想他們從世界上消失。朋友辜負我，我也曾幻想他們人間蒸發。敵人欺負我，我更會幻想他們橫屍街頭的模樣。

早就懷疑自己是心理變態，這次的事件讓我更加擔心恐懼。我是因為愛小敏，而感到難過？抑或是，我的難過只是來自於我害死了人，而不是因為我痛失愛人？多害死幾個人，習慣後就不會有這種感覺了？

上網點了幾個變態殺人魔的報導，看著那些報導中的照片，總覺得自己擁有變態殺人魔的氣質！慘白的雙頰、深陷的眼眶、緊閉如紙的薄唇、一頭亂髮以及一雙精神過度旺健的眼睛。

喪禮上，眼淚依然乾涸，但我注意到小萱頻頻的偷看我，卻又不想被我發現。為什麼我會知道她一直偷看我呢？因為，我一直頻頻的四處張望，就好像，遲到的小敏會隨時從我的身後拍拍我的肩，告訴我她一路上將車騎得有多快。

我也不停的偷偷滑開手機的按鍵鎖，看看是否遲到的小敏會傳LINE給我，告訴我她還有幾分鐘會到，甚至再加上個「吐舌頭」或「雙手合十道歉」的表情符號。

正當我有點失去耐性的時候，我竟生氣的嘟噥：

「搞什麼鬼？小敏這傢伙竟然連吳淑敏的喪禮都缺席。」

說完，愣住了幾秒，然後笑了。我從未嚐過這般折磨人的苦笑。一陣酸苦湧進胸口，一陣痛楚湧上心頭，感覺不出哪一種較為痛苦，更分不清那股酸敗味是嗆進鼻腔難受點？還是湧上喉頭難受點？

強壓住反胃感，我的苦笑依舊，臉僵了。一抬頭，又瞥見小萱，她正皺著眉頭望著我，那種皺眉我認得，是極為生氣的皺眉。這種神情之前出現過，是在我將小敏惹哭了後，到小萱住處試著接回小敏的時候，她狠狠賞給我的。

在喪禮上笑的確是不太好，我想，這是我沒得到小萱發送給大家的「小敏最愛的自己的照片」的原因吧！

喪禮結束了，我的淚腺依然如大旱之年的灌溉渠道，連雜草和苔蘚都乾枯了，鼻間眼角有著剟刺的痛感和煙撲的薰燒感。胸口那股滿滿的燒灼完全無法往上提升，只能全員集結在喉頭，任憑擂鼓吶喊，依然被拒於城牆之外。

回到家，我的第一個反應是，小敏說不定先回來了。我踱進房間，一面小心的探看著，深怕頑皮的小敏會從衣櫃裡跳出來嚇我，要是被她嚇到，不知道又要被她拿來笑話我多久了。

還記得有一次，她為了嚇我，足足在衣櫃中躲了四個多小時，在我以為她定是如期去了健身中心，回到房間內獨享A片時，她悄悄接近，然後給了我插入心臟般的狠狠一擊，那是沒柄的一擊。我想，那至少折損了我十年的壽命。

我側身推開了衣櫃，謹慎的彎下腰去探看床底，甚至還打開了她出國用的旅行箱，畢竟她也曾經躲在那裡面過。

出院後，沒人邀我去看小敏，我也提不起勇氣前往。我實在很難想像小敏靜靜的躺著，那麼活潑好動又頑皮狡黠的人竟然能靜靜的躺著。我總覺得她還活著，一定是某些地方出了問題，是大家聯手起來騙我嗎？小敏怎麼可能就這樣死去？

我坐在小敏的床上。憶起寒冬兩人窩在棉被裡的閱讀；她幫我推拿因長時間打字而僵硬的肩膀，而我幫她按摩因整日久站而腫脹的小腿；在她掉落餅乾屑於棉被上時，我則澆倒了一小口的即溶咖啡在同一處的棉被，然後肆虐的笑著說：

「只有餅乾，棉被一定會難以下嚥，我再分享些咖啡給它。」

這種幸福滿溢的感覺，怎麼我以前就不懂得珍惜呢？

「小敏？」

我突然發現，她就坐在床緣，我的身邊。

我想坐起身來，她卻伸手示意我躺著別動。

「你去哪裡了？我好想你，好想好想。」說了這話後，我的腦袋竟然一片空白。

小敏笑而不語，她神采奕奕，就像第一次我見到她時一樣，完全不同於和我在一起後，被折磨、蹂躪過的樣子。

「你去哪裡了？」

小敏笑而不答，我更著急了。

就在我即將再度開口之際，她卻伸手指了指下方。

「棉被？」我不解的問。

她搖了搖頭。

「床單？」

她又搖了搖頭。

微展笑顏的她，怎麼會那麼的美呢？

她做了個更長距的手勢，指向下方。

「床底下？」

她點了點頭，然後不語的看著我。

「你聽我說，我……」不知為何，倦意強烈襲來，我的眼皮如沾著了強力膠般，一眨眼就再也難以睜開了……

第七章　清單

緩緩醒來，汗水如同離開冰箱的啤酒罐瓶身上的水珠。大大小小的水珠密佈在光滑的瓶身上，等待牽著其它人的手後，一齊溜到桌面上。

「我怎麼會忘了開空調呢？」伸手抹去額上的汗，我想起了自己睡在小敏的房間裡。

小敏的房間有西曬的問題，但她說自己的工作常到十點以後才能結束，所以在選房間時，果斷的將這間房「佔為己有」，將好的房間讓給了常賴在家裡寫東西的我。

「對了，床下……」可能是因為太悶熱，我的頭疼痛欲裂。

剛才，我昏睡了，然後夢見小敏回來看我？還是，我是真的見到了小敏，然後才昏睡的呢？

探向床下，我發現床下積了一些雜物，包括幾本做滿記號的日本自助旅行參考書籍；幾本整齊的筆記裡夾滿修訂零亂的手抄食譜；幾件小首飾，其中包含了我送給她，而她卻一直不捨得拿出來戴的喬治傑森二〇〇九年純銀銀石款項鍊，她戴了真的好美，她健康的膚色很襯亮銀色的橢圓銀墜。

在我正難解小敏為何指向床下的時候，我瞥見了箱子底部露出紙箋的一角，一張明顯曾被水浸溼過的紙箋。

紙箋被一條直線粗魯的分成了兩半，一半是小敏的筆跡，另一半則是我的。依稀記得，這是有次在國美館約會時，受到了大雨的打擾，雨勢強大再加上強風，我們被困在美術館二樓的古典玫瑰園裡，一起寫的。

「如果就這樣衝出去，還沒到車上就會溼透了吧？」小敏嘟著嘴問。

「別說衝到車上，我看啊，跑沒幾步就會全身溼透。」

「好煩啊，再這樣下去，我們就要錯過電影的時間了。」小敏提起手腕，將錶面轉到了我的面前。人真是奇怪，就算知道對方也有戴錶，卻總是喜歡將自己的錶湊到別人面前。

「這樣的大雨……」我喃喃自語著。

「什麼？你剛才說了什麼？」

「我是說，這種大雨一輩子淋個一次，才算活過了吧！」我小心翼翼的提高了一點點音量，怕太過大聲萬一被鄰桌的客人聽到了會很丟臉。

「是喔！還有其它的嗎？」小敏側著頭，看向窗外，不經心的問。

「嗯，我想一想……」

「都寫下來吧！」小敏從包包拿出一本食譜筆記，撕下最後一頁，對折後，橫隔線的紙頁分隔為左右兩邊。

那個下午，我們徜徉在幻想與現實交匯的洶湧長河中。我寫下一個有趣的想法，小敏幫我改得實際一點；小敏寫下一個不可行的點子，我設法讓它變得可行。紙箋上複雜難懂的記號，讓我百感交集。

那時，我按著她的右手，用自己的鋼筆改動了她的想法，而她也不甘示弱以左手搔我癢，讓我無法得逞。

那些日子，好遠好遠。

抓著紙箋，我們走進雨中，可惜天公不作美，雨勢竟削弱了不少。我牽著小敏的手，漫步雨中，所以，小敏使用油性筆寫下的那一部份，依然力保節操的固守在自己的位子上，而我用鋼筆寫下的部份，墨水則渲染暈開，變得難以捉摸，無法自持。

「下次吧！下次下大雨時，再衝出來淋雨。」我提議。

「嗯，一定要將清單上的點子全部做完，才能無悔的安心死去。」小敏若有所思的說，只是我那時太過粗心，完全沒發現小敏的神色有異。

「好，我一定陪你到底。」

轟然如雷鳴般的巨響炸裂在我的腦裡，這是小敏出現在我面前的緣故嗎？她想要我陪她做完這些事情？

認識之初，總是能不斷發掘對方的優點，享受對方優點。為何總在感情應該漸入佳境的時候，缺點忽然出現，一次又一次的阻礙本該日漸升溫的情感呢？

有首流行歌曲，形容愛情像是顆包著糖衣的藥錠。在甜蜜的糖衣化開後，化學藥品的苦味，那種無法回甘的苦味將會讓味蕾焦枯，驅動舌頭反射性的吐出藥品。

那麼，這藥為何又非吃不可呢？這藥可以治癒怎麼樣的病呢？我還沒有想通，卻必須承受著它所帶來的強烈副作用，孤單、寂寞、不安、心痛……

恐怖電影的不朽情節，復仇的索命女鬼，蒼白僵硬的臉孔、目眥盡裂的雙眼、佈滿紫紅血絲的眼球、扭曲微張的血口、覆滿黑褐血跡的利牙、披散飛舞的亂髮，以及不知是從嘴裡或是鼻間所發出了「嘶嘶」恐嚇聲。然後，突然出現在房間的一隅，步步進逼。

我實在無法想像小敏變成那副模樣，閉上雙眼，再努力的嘗試疊合兩個影像。末了，我覺得，就算這樣的小敏出現在我面前，我也一定要上前抱住她，告訴她我有多麼想她，以及，我有多麼的抱歉。

環顧四周，小敏走後，這裡的一切都保持原狀，我心中一直掙扎著，總覺得也許是哪裡出了錯誤，也許醫院搞錯了姓名；或是小敏被妹妹小萱軟禁，為了使她能毅然決然的離開負心漢；抑或是，小敏擔心我不願分手，怕我會夾纏不清，所以聯合親朋好友演了這齣戲；甚至，更離譜的情境，足以成為科幻電影情節的狀況都曾在我的腦海中盤旋縈繞。

「咚咚咚」的連串聲響，這是樓上小朋友玩耍奔跑的聲音，這一雙可愛的兒女可真是羨煞我和小敏。

六點鐘，下班的爸爸會將他們從私立的幼稚園接回家，等待媽媽準備晚餐的時候，他們總是「咚咚咚」的在家裡馳騁著。

「啊，六點了啊！」昏暗的天色，昏暗的房間，昏暗的我的臉。

握著清單的手漸漸的鬆開，樓上小朋友輕快的腳步聲漸漸遲滯了，窗外傳來的聲音越來越少，但剩下的少數聲音卻越來越清晰。人生好像也是如此，追求的太多，樣樣都不深刻，色色都不美好，減少了追求，降低了紛擾，「簡單」才能令人全身心的去投入感受那些沉潛的美好。

亨利・大衛・梭羅，美國作家、哲學家，在最著名的散文集《湖濱散記》中將這個道理揭示在世人的面前。

《湖濱散記》紀錄梭羅在華爾騰湖畔隱居二年又二個月的生活。為了進行這個生活實驗，梭羅花了二十九美元購買木料，獨力蓋了間小木屋，試圖以極少的時間來從事有關於維持生命的工作，用雙手找尋食物及水，自己種菜過活。其餘大部分的時間都用來閱讀、寫作和親近大自然，豐實自己的生命。

梭羅曾在書中寫道，「我們應該改變順序，第七天才應該是人類為生活勞動的日子，這一天，我們以額頭上的汗水賺取生活所需。其餘六天則是感性和靈性的飽食日，我們得漫遊在廣袤的花園裡，啜飲大自然溫柔的感化和崇高的啟示。」

聰明如梭羅，愚昧如我，雖然多次的讀過這些文字，卻難以將之化為行動，在實際的生活中奉行。

我在黑暗中枯坐了好久，不敢開燈，生怕燈光會妨礙小敏的出現。我也不敢打開空調，什麼都不敢做，只怕稍微改變了周遭環境的一丁點元素，那些讓小敏能夠出現的元素。

結果，我還是沒有等到小敏的再次出現。

第八章　決心

六月八日，小敏喪禮後的第二天。

酒桶山上，有個法蝶餐館，擁有絕佳的夕陽。

戶外的座位，更是讓人連夕陽脖根耳後那一絲再私密不過的體味都能嗅到。桌上擺著一杯溫開水、一杯熱咖啡，我輪流啜飲著，讓清純的甘甜和複雜的酸澀在味蕾上接力賽跑。

今天，桌上的清單比夕陽更具吸引力，我的心思全被它勾引走了。

橫隔線筆記紙頁上，密密麻麻的事項一樣接著一樣被筆無情的宣判死刑，然後一一的重生在畫有鍋鏟和湯匙的精美紙箋上，那是小敏最喜歡的紙箋。我將紙箋夾進一本可以藏進口袋的小筆記本裡。

筆記本的扉頁裡，躺著這樣的清單，收進背包時，覺得背包格外的沉。我留下了一半的咖啡，一半的開水，喝不下了。早已習慣二分之一分量的我，何時才會適應呢？

為了小敏，我要完成這張清單，好讓她安心的離去。

無憾清單

1.車站過夜
2.高空彈跳
3.報復的假酒
4.整理照片
5.包下電影院看催淚的電影
6.泳衣夜跑
7.吃三大爌肉飯
8.搭熱氣球
9.偷吃別人的喜宴
10.變裝
11.吃小敏成為二廚後所設計的鐵板燒菜

抬頭上所填的「無憾清單」，是希望能消除小敏沒能完成這些事的遺憾，然而，真的能讓她沒有遺憾嗎？她在天上能夠感知嗎？

為了自己，完成這張清單也是一個好的磨練與機會，證明我沒有小敏也能過得很好。過去，我總是告訴小敏，如果沒有她，天性內向退縮的我，將會足不出戶，生活乏味枯燥，家裡學校，學校家裡。

小敏不在的這二十三天裡，我果然就陷入了這種「乾燥花」的生活模式。這是個好機會，證明自己不僅能「生存」，更能「生活」。

路旁的餐廳專用停車場，車頭正對著視野遼闊的大台中，我們喜歡在離去時，在車上再多待五到十分鐘，享受一下只有兩個人的夕陽。那天，我發現，一個人的夕陽竟溫暖減半，氣溫低到令人懷念起後車廂裡的薄外套來。

緊握著方向盤，我緩緩的駛進下山的道路，內心的想法如下山道路一般蜿蜒曲折。對未知挑戰的決定，也如同來回不停轉動的方向盤，難以掌控。

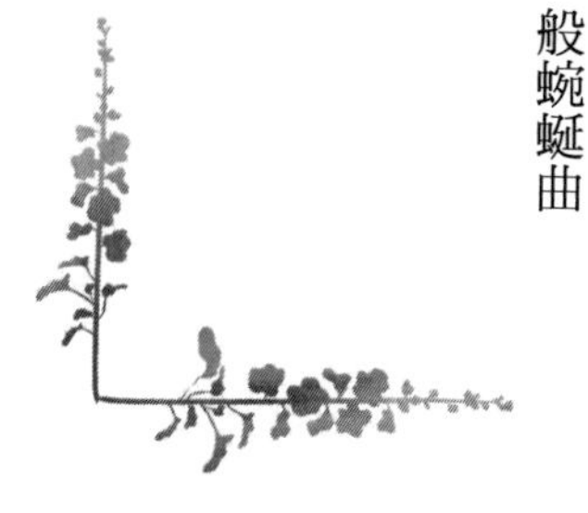

第九章　露宿車站

看似簡單嗎？其實一點也不，尤其是在許多附加條件之下。

起因是我常把買來的食物放到超過保存期限還沒吃完。

「你很浪費欸。」小敏總是在清理我房裡的零食櫃時這麼說。

我原本在紙上寫下的是「流浪」，挑一個神往已久的名勝，然後給自己三天、五天或是一個星期的時間，拋開一切的感受那裡。

小敏卻補上了一個「漢」字，她說，你應該體驗街友的生活，才不會總是這麼糟蹋食物。然後，她自顧自的又補上了一些條件：

1. 不准帶錢

2. 只能睡椅子

3. 一定要蓋著報紙，但不能自己帶去

「我換床會睡不著啦。」我說。「這樣整晚會很無聊。」

「不會啦，大不了我們蓋著報紙聊天到天亮。」

那時，我還以為這一天永遠不會到來。

為什麼將這擺在清單的第一項？因為，我以為，這是清單中，事前準備最少，也最容易實行的一項。

我還是帶了一千塊錢，不過，它被我塞在背包的最下層，不到緊急關頭絕不動用。我還帶了手機，同樣的，不到緊急關頭絕不動用。

我選定了彰化火車站，一來，家鄉的火車站總是多了些許熟悉；二來，彰化火車較台中火車站小一點，環境較為單純。

星期五，晚上七點過一刻，我在火車站附近一家名為米內瓦的小店填飽了肚子。小店的二樓，有個露天的雅座，三角型的畸零露臺上，只能擺下一張餐桌和三張椅子。我坐在這裡，看著行色匆匆的車輛與行人，我思考著他們其中是否也有人和我有過類似的遭遇，然後，安穩的過著平凡的生活。有人能在害死了親愛的人之後，還能若無其事的過著幸福的生活嗎？

一杯咖啡，加上一塊老闆自製的巧克力抹茶蛋糕，我正在「慢性自殺」。這是小敏喜歡用的說法。

「巧克力口味的甜點配上熱美式黑咖啡，對胃腸非常的不好，卻是心靈最佳的補給品。雖是慢性自殺，卻能讓人感受到活著的喜悅。」小敏總是在吃了蛋糕、啜飲了第一口咖啡後這樣說。

這是我回彰化必光顧的小店，咖啡一滴不剩時，老闆問我是否要免費續杯，這是對老客人的最佳優待。

「不了，我怕今晚睡不著。」老闆聞言嘴角微揚，祝我好眠後下了樓，繼續招呼客人。

二樓露臺上只有我一個人，當我到意識到這件事時，我舉起了裝蛋糕的盤子，肆意的舔了個乾淨。將盤子上的巧克力醬舔得一乾二淨的成就感，常會搔弄著我的神經。只是，在外用餐時，礙於旁人的目光，總因無法享受而感到惋惜。尤其是餐廳的盤子常會比較精緻漂亮，我總是更加的心癢難耐。

放下盤子，我準備起身。

「怎麼會有種從容就義的感覺？」我低聲喃喃。

踱到了火車站外，我暗聲叫苦。早知外籍勞工們會在火車站前聚集，沒想到人數竟然這麼多，經過一整天辛苦工作的他們，各自有各自的「歸宿」，噴水池正前方一小群，噴水池側面一大群，車站前的公用電話下，更是多到我分不清哪群是哪群了。

好不容易找了個角落，靠著牆，我思考著是否放棄。畢竟，我根本不知道小敏是否要我完成這張清單，她的手指向床下，也許是想告訴我別的事。

更或者，小敏根本沒有回來看我，那只是我的一場夢，古人說得好，正所謂「魂牽夢縈」是也。不過，我不願這麼想，那太孤單了。我寧願相信是小敏的鬼魂回來找我，那怕是要找我索命的。

我發現，聚集在公用電話前的外籍勞工們，看似漫無目的的聊天說笑著，其實在輪流撥打電話，他們應該是打越洋電話回家鄉。掛上話筒，有人興高采烈的重回群體的懷抱，有人則低著頭，默默的貼回群體的背上，輕輕的、柔柔的，以最保險的姿態尋求著依靠，得到群體的安慰，畢竟，再怎麼樣天南地北的閒聊都是鄉音。

人啊，總是會懷念最初接觸的人事物，哪怕它們殘破不堪。這也就是為何某些知名的連鎖企業願意花大錢買廣告，讓人們從小就習慣了他們的商品，甚至是營運模式。除非某些機緣，或是特有勇氣的人，否則大多數人總是以「懶得換」為由，成為「忠實」的支持者。

時間漸晚，外勞們漸漸散去，取而代之的是許多行色更為匆匆的行人。疲憊的學生、困頓的上班族，頭也不回的湧入燈火通明的車站，接著，另一群人由車站湧出，甫出車站，立刻再次加快速度，瞬間流向各路口，無聲無息的滲透進這城市的各個角落。

在竟日的勞動後，車站彷彿釋出了最後的體力，現正大口喘息著，上氣不接下氣的吐納著人潮，越來越慢，越來越弱，直到最後，筋疲力盡的癱趴在市中心。

晚上十點，往來的行人少了，我的精神卻越發旺健。我好奇的四處張望，熟悉的車站以一張完全陌生的臉呈現在我面前。

晚上十一點，路旁的行人已比行道樹來得更加勢單力薄，我亢奮的精神之花已因過度的散發而漸漸的枯萎。

晚上十二點，我感覺到很累，卻無法成眠。暑熱的尾巴在午夜悄悄的逃竄無蹤。我起身，準備完成這個項目。

走進車站大廳，看見一個穿著便服的人正由站務室裡走出，他應該是車站職員吧，準備在車站裡過夜的。角落有一對情侶，正嘰嘰咕咕的交頭接耳，不知是在等人還是等車，或是在這打發時間。如果小敏沒有死，我們一起來露宿車站時，應該也會像這樣的打發時間吧！

也許，如果小敏沒有死去，我們將會一直過著重覆的生活，根本不會動念來施行這些計劃。

入口第一排的椅子上疊放了幾份整齊的報紙，這是一種貼心，報紙看完了，帶回家也是進了資源回收桶，不如留給下一個乘客閱讀，多被幾個人讀過，報紙在進回收桶時，心裡也會踏實一些吧！

翻開其中一份，我抽了兩張，特意的選了體育版，畢竟，下半夜我要是仍然難以入眠的話，這兩張報紙也可殺殺時間。

從十二點開始，遊民們開始了他們每日的「攻城」大計，一個接著一個，有的神色匆匆，但大多是緩步慢行的走進大廳，無需協調也不必揀選，他們彷彿早已劃定座位，那麼理所當然的，坐在自己的「床位」上。

一對晚歸的母女，被遊民們「逼」出了車站大廳，站在了車站門口，等待著家人。電力耗盡的小女孩，環抱著媽媽的腰，而母親則引頸企盼，像極了嚴立在寒風之中，等待母企鵝覓食回巢的公企鵝。

大廳裡，遊民的人數越來越多，已經佔領了大廳候車座位的三分之一。他們有的低垂頸子，有的撫掌托腮，有的則趴在自己的雙膝上，姿勢各有不同，唯一的共同點就是，他們全都一動也不動。二十多人在一塊小小的區域裡，全以坐姿維持不動，實在令人有說不出的違和感，甚至是有些詭異。

大廳的一邊，企鵝般的母女依然引頸屹立，另一邊，如雪花般緩緩飄降的遊民，在落地後立刻安頓了自己，慢慢的化成冰層上的一份子，一動也不動。我有種來到北極凍原的錯覺，這裡是那麼的寒冷與淒涼，生命在這裡是那麼卑微且不堪。有人急著回家，有人的家就在這裡。

時近凌晨一點，我已被睏意籠罩全身，大廳內的小情侶早已離去，遠處，有些紅綠燈已將工作交接給閃光黃燈和閃光紅燈了。大廳外，公用電話亭下的水泥平台，我不停的調整姿勢，盡可能的讓自己舒適一些。

車站接駁區的大王椰子樹發出沙沙聲響，宣告著他身上的紅底白字警語「請勿久留」，諷刺的，椰子樹下的方行花圃上，越來越多遊民「回家」了。

疲倦來襲，由痠疼的腰桿及肩胛入侵，然後攀上後頸，將根紮進腦門，控制了我的眼皮。但，理智依然勉力運作著，心中一直有個微弱的聲音在告訴我，這樣睡著太危險了。

突然，一道刺耳的滑輪聲及連珠炮似的高跟鞋踩踏聲穿破耳膜，意識依然模糊的我，仍未反應過來，直到那尖銳的女聲響起。

「你要幹什麼？」女子喘著氣問。

「拿出來。」男子惡狠狠的朝女子伸出手。

「不可能。」女子將行李箱揣在身後，男子作勢就想搶。

我睜開眼，調整了坐姿，好奇的想看看發生了什麼事。報紙發出了剎啦剎啦的聲響，他們兩人向我望來。女子如同看見救命稻草似的朝我奔來，躲到了我的身後：

「救我，求求你。」

「我……」這突如其來的變故完全超越了我日常生活思考的範圍，腦袋傳出空轉的聲音，像是抽不到水的幫浦，刺耳難耐。

「你別多管閒事。」男子朝我們走來。

「我……」

腦袋持續空轉著，直到男子的手上一亮。

那是一把蝴蝶刀，我曾在安全檢查的時候，從學生的書包中搜到過。那時的一陣把玩後，我的感想是，這刀的設計完全著重在輸出傷害，拿這刀的人是真想置人於死。

我的腦袋終於開始運作了，第一個念頭是：如果他刺過來我該怎麼閃？然後，才是這個派得上用場的想法：千萬要先阻止他出手傷人。

「有話慢慢說。」我終於開口，聲音之大，連我自己都被嚇到。

「沒啥好講的，閃啦，這是我跟伊的事。」男子握刀的指節泛白。

「他向你要什麼？」雙眼死盯著男子手上的刀，我詢問女子。

「財產讓渡書。」女子哭喪著臉。

「財產讓渡書？」這什麼狀況？他們是親戚？還是夫妻？

就這樣僵持了好一陣，空氣彷彿果凍般凝滯，我非得用盡全力才能吸進一些破裂的碎片，艱難的吸進氣管後，覺得肺部有著刮擦般的異物感。

說時遲那時快，忽然失去耐心的男子以猛虎出閘之勢向我撲來，全身還挾著一股酒氣。我直覺的側身閃躲，只覺左手前臂一陣刺痛，然後雙手順勢一推，將他推倒在地。他在光滑的地磚上滑行了一小段後才止住，手上的刀子也脫手。勉力的站起身後，他又惡狠狠的看著我。

這時，警笛響起，男子不作多想，立刻拉了女子的手，跑向與警笛聲相反的方向。從聽到警笛，到判斷方向，到規畫逃跑路線，到快速的逃跑，這一氣呵成的動作，在在的顯示他是個常躲警察的人。

「你這個瘋查某，搞到警察都來了，爽了吧……」那串台語雖然粗俗，卻夾雜著一絲柔情的語調。

原來，是住在火車站裡的站務人員報警的。我就這樣進了警察局，簡單的傷口處理後，筆錄完，踱步回到火車站，分局就在火車站的斜對面。這也是警察能這麼快趕到的原因。

那蝴蝶刀舞動的樣子，令我餘悸猶存，我要是再慢點轉身，刀子可能將刺進身子裡，要是轉得太快，刀子可能會刺傷女子。

那男子的行徑太過誇張了，就算醉酒，正常人哪能那樣用盡全力的把刀刺向自己的愛人？

唔，我不就是一個嗎？讓小敏在我車上斷送了性命。

清單完成後，我也跟著小敏到那個世界去吧，去向她道歉好了。

胡思亂想間，我沉沉的睡去。

「那個是我的啦，不要拿。」

「才怪，是我的。」一陣孩子的喧鬧聲將我吵醒。

腳邊傳來一個聲響，有個人剛從我身旁站起來。我睡眼惺忪，朦朧間，瞥見了那名從我身旁站起，正快步離去的女子。她的穿著像極了小敏，舊的運動鞋、舊的運動套裝、舞動的長馬尾和鴨舌帽，還有，那個陪著小敏旅行的大紅背包。

愣了一下，我撥開身上的報紙，那時她已轉入車站大廳，我的視線受到了牆面的阻隔。

追入車站大廳時，已不見她的蹤影。

「六點五十四分往台北的自強號準備進站……」車站廣播響起。

我望向月台，發現那熟悉的身影出現在第三月台上。那女子似乎也正盯著我瞧，等等，她是在對我揮手嗎？我轉頭看看身後，沒有人看向第三月台。我再看向月台方向，第一月台和第二月台上早起的上班族和學生們也都低著頭，不是打著瞌睡，就是盯著手機、書本，再不就是三三兩兩成群，聊天說話。

橘白色系的大鐵箱撞入了我的視野，阻隔了我的視線。我想衝進月台，卻被站務員提醒：

「要有票才能進去喔。」

「我只是找人。」我的視線緊盯著車廂，彷彿這樣就能望穿它們。

「那你要買月台票。」

望向購票窗口，有三五個等著排隊買票的人，我轉向自動售票機，卻想起自己身上沒有零錢。

「等下出來再補。」不知哪裡來的勇氣，我竟然做出這樣的違規舉動，助跑兩步後，我雙手一撐，躍過了票閘，對於從小就安分守己的我來說，這不是腦袋裡常態的思維結果。

第三月台，下車的旅人早已離開，上車的旅人也都上車了，只剩幾個等著下一班車的學生，還有一名站務人員。站務人員看我沒有要上車的意思，用對講機通知了某人，也許是車長吧！

我要追進車廂裡，一節一節的找嗎？應該找得到吧！

然而，我到底在找什麼呢？是小敏嗎？

是和小敏長得極為相似的人嗎？會有那麼巧嗎？連運動衣、馬尾、鴨舌帽和大背包都那麼的相似？

仔細想想，小敏身上的衣物都是哪些品牌的呢？除了我送給她的之外，我好像不是很瞭解。剛才見到的身影真的像極了小敏的穿著嗎？還是，那只是一種感覺呢？是我一廂情願的認為她是小敏吧？喜歡這種輕鬆休閒衣著的女性不在少數吧！

可是，我環顧四週，趕著搭車的人潮湧入，昨日進佔此地的遊民們早已如暖陽照射下的初春小雪般消逝無蹤了，空著的座位多的是，那女子何苦來挨著像遊民般的我坐著呢？為何她又要對著我揮手呢？

或者，她是個扒手，趁我尚未睡醒時，從我身上扒走了財物，看我起身追她，她還囂張的對著我「嗆聲」，對我揮手是想表示我追不上她嗎？低頭一檢查，才發現我身上除了壓在背包最底層的那一千塊和手機，根本沒有別的值錢的東西可以讓人扒走。

唉！我應該更積極的追上去的，只要能夠再看她一眼，哪怕只是長得跟小敏很像的人都好。

火車緩緩的滑出月台，我的心底，也有些什麼悄悄的滑入，也有些什麼默默的滑出。

我慢慢走回剪票口，準備補票。

「少年仔，你是在演偶像劇喔！」站務人員臉上明顯帶著嘲諷的表情。

如果是從前的我，一定會因為自己的違規而臉紅耳赤。可是，這次，我的心中竟然有股憤怒油然而生，將原本應有的羞愧及不安完全點燃。

「如果是的話，你就是那種總是出現不到三秒鐘就被草草帶過的臨時演員。」

看著他錯愕的表情，我的心中竟然升起一股肆虐的快感。

補完票，來到車站外，我拿出清單，劃掉了第一個項目。

無憾清單

1.~~車站過夜~~
2.高空彈跳
3.報復的假酒
4.整理照片
5.包下電影院看催淚的電影
6.泳衣夜跑
7.吃三大爌肉飯
8.搭熱氣球
9.偷吃別人的喜宴
10.變裝
11.吃小敏成為二廚後所設計的鐵板燒菜

第十章　高空彈跳

六月十五日，星期六，天氣晴，我試著完成清單中的第二項。

上星期在車站差點送掉了一條命後，我想了很多。

小敏沒有齜牙咧嘴的來找我索命，反而以安詳的面容來見我，要我執行這張清單的原因，說不定是她覺得齜牙咧嘴會使我害怕，那我就不敢執行清單了。所以，先用安詳美麗的面容使我放下戒心，然後，在我執行清單時，再設法害死我。

我怎麼會把小敏想成這樣子的人呢？不過，被最親密的人給害死後，還能保持平常心，還能像以前一樣愛著那個人才奇怪吧！

我怕死嗎？好像有一點。希望被小敏害死嗎？好像也有一點。反正我就是這樣的一個人，永遠不想自己做決定，就害怕自己做錯了決定。

買東西前，我一定會調查再三，「google」一下，「知識＋」一下，再問問用

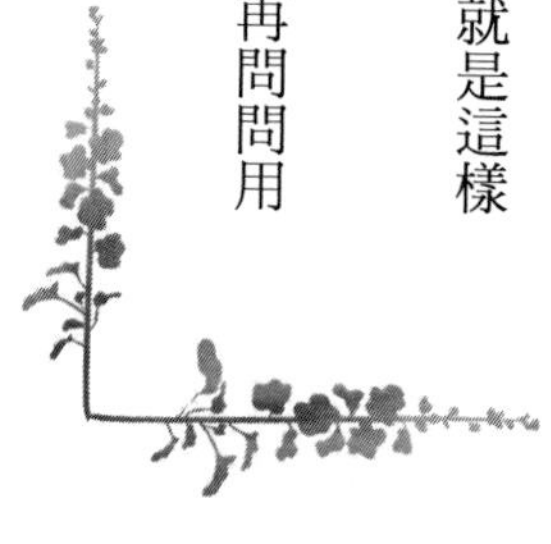

過的人，然後，列張清單，上上下下前前後後比較一下，才敢勉強的下決定。

網頁上，這些詳細的數據依然無法令我有真實感。

「台灣高空彈跳熱門地點」、「桃園縣復興鄉復興吊橋」、「高度35M，承受2.3G」、「跳法：綁腰、背、腳」、「飛行時間：3秒」、「緊張指數：4星」……

再上網搜尋一下感想：

「我何苦把自己逼成這樣？」「之前就聽說腦袋一片空白，但從沒想到，我的腦袋會空白這麼久。」「迎面走來兩個剛跳完的少女，眼神都閃亮閃亮的，一定是淚光。」

先到那裡看看再說吧！

可很多事情都是這麼開始的。

先「看看」再說吧！看看之後，就會覺得「反正都來看了」，大老遠跑了一趟，只是看看太可惜，就做吧！

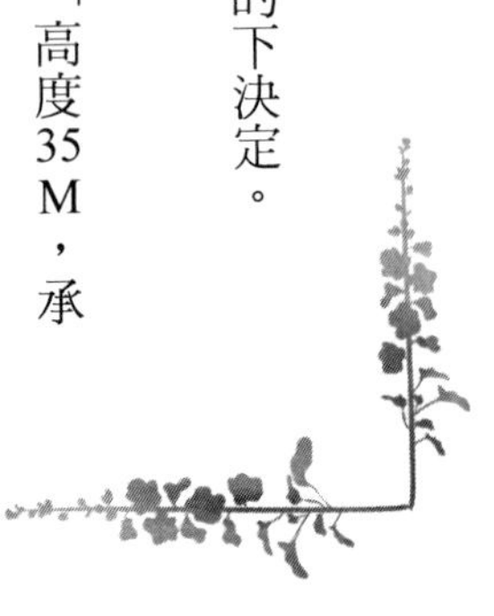

所以，當宅配業發達的今天，各地特產的宅配銷售量並不如大家預期的呈現爆炸性的成長，原因就是出在此吧！都那麼遠的跑一趟澎湖了，仙人掌冰是一定要吃的，黑糖糕也是一定要買的啦！可當你在夜市看見「澎湖仙人掌冰」的招牌，或在超市貨架上看到「澎湖直送黑糖糕」，你可能會忽然懷念起曾經去過澎湖的美好，卻不會有「非吃不可」的念頭。

小敏懼高。

這個項目是我鬧著她玩才寫下的，沒想到，她竟然回答我：

「如果有一天，想預先體驗死亡感覺的話，這應該是個好選項。」

世事難料，在體驗死亡感覺前，就先死亡了，到底是福是禍？如果死亡經驗很痛苦，那還是直接死了比較好。如果死亡經驗近似解脫，那是否先體驗過，比較能坦然的面對死亡？

想著想著，車來到了復興吊橋。

「先下車看看再說吧！」我說服自己。

「反正都開那麼遠的一趟車來了，就報名吧，大不了臨時反悔。」我再次說服自己。

在準備室裡，我忘了怎麼被穿上裝備，只記得，黑黑壯壯的教練有張陽光般的笑臉，我心裡還戲謔的想著，如果牛頭馬面也有這種笑容，說不定死亡會較容易面對一點。傳說中，天使能做多面向的化身，說不準，牛頭馬面也能如此。

勾選表上有著多種選項，一如既往，我交出了決定權。

「我第一次跳，哪種比較刺激？」

教練揚起了眉毛，在表格上Water Touch那格打了個勾，然後，他對著櫃台後喊了一聲。

一位皮膚黝黑，身材健康的年輕女性走了出來。她穿著坦克背心，還有一件卡其色的長褲，褲管上大腿前有兩個大大的方型口袋，鼓鼓的口袋應該裝了滿滿的急救器材吧。

「他？第一次就跳這個？」她語氣中的小小不可思議，進到了我的耳朵後轉化成大大的恐懼。

「對。」他們彼此交換了一個難以言喻的眼神。

我被領到了預備台上，準確的來說應該是被「拎」到了預備台。可能是來得較早，我連隊都不用排，直接上場。預備台上只有我們兩人，我連做心理準備的時間都沒有。

套上護目鏡，任憑裝備束縛住我，安全扣被牢牢的扣上，那清脆的響聲直擊耳膜，鑽入心臟最深處。

女教練交代的事項我一項也沒聽進去，我只聽見了最後一項：

「等會兒頭碰到水面時暫時閉住氣。」

頭碰到水面？閉住氣？這是什麼情況？這是Water Tocuh？對了，Water是「水」，Touch是「觸碰」。這麼一來，一切都合理了。等會兒跳下去時，我的頭會碰到水。

站在跳台上，望著即將體驗的旅程。

「一切都合理了？哪裡合理啊？我在幹什麼？我為什麼會到這裡來？我還有反悔的餘地嗎？這套裝備安全嗎？」心裡的念頭轉個不停，而身體就是做不出反應。

「這套裝備難脫嗎？」我回頭望向女教練。

你猜，我望見了什麼？

一道詭譎的笑容在女教練臉上漾開，像漣漪一般慢慢的由中心向外盪出。

緊握著扶手的手掌與指節已失去了知覺，我本能的想後退一步，可是，在身後的教練卻用身體抵住了我。

再次回望，這次，我看見了小敏，那陽光的笑容，雖然詭譎卻仍帶著溫暖。

「乖，去體驗死亡的感覺吧！親愛的……」

我有好多話想對小敏說，然而，我只說出了：

「對不起……」一次又一次的。

忽然，身後傳來一股力量，小敏她往前踏了一步，我就這麼被擠出了跳台，開始往下墜落。

腦袋真的一片空白，那三秒是那麼的長，我的腦海中一直迴繞著剛才小敏對我說的那句「體驗死亡的感覺吧……親愛的」。

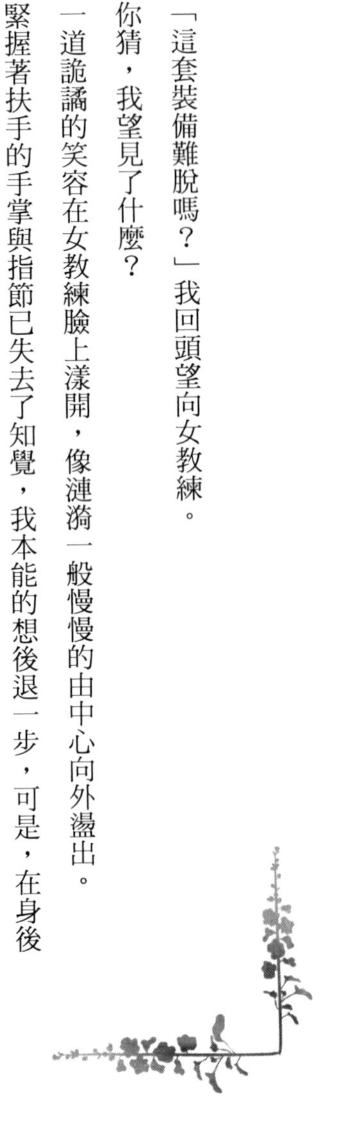

那三秒卻又那麼的短暫，碧綠的水面馬上就來到我的眼前。此時腳踝傳來一股牽引，我的速度慢了下來，腦袋卻彷彿衝出體外，已沉入了水底。

速度減緩，腦袋卻依然空白。

噗咚！當上半身入浸入水裡的那刻，我只覺得身體刺刺麻麻的。一顆顆列隊竄上水面的銀白色小氣泡，在被倒吊的我眼中看來，像是沉重的向下沉似的。那心跳聲是誰的？怎會如此的清晰？是我的嗎？

腳踝的牽引驟增，我被加速拖離水面，光線讓我瞇起雙眼，然後，我又被浸到了水裡一次，接著，又被提了起來。最終，身體被懸掛在半空中微微晃盪著。

「這就是死亡的感覺？就這樣？」那是腦袋重新開機運轉後，竄入腦中的第一個念頭。阿基里斯的母親，在冥河旁，也是這般的粗魯嗎？

可是，那結論下的太早了。

「哐叮」？還是「喀鏘」？

我不懂如何才能完美的詮譯那個聲音。一個銀色的物體，從我眼前掉落。我被倒吊著，所以應該是從頭頂飛過，然後，那銀色的物體輕巧的跌入水面。我低頭查看

身上，發現其中一條安全繩已離我而去，在空中自在的飛舞著，不時還纏住另一條被我扯直的安全繩，旋身、迴轉，以一種冰上芭蕾舞者的姿態，睥睨著我這個裙下臣。

「哐叮」？還是「喀鏘」？

我真的不太懂如何形容那個聲音。

另一個安全扣離我而去。緊接著，感到腳踝上的拉力頓失後，我開始頭下腳上的往下墜。

很快的，我跌入了水中，突如其來的變故讓我反應不及，在閉住氣之前，我喝了幾口水。接著我努力試著讓自己浮出水面，但，一來我水性不佳，二來身上的衣服被浸溼後完全的貼住了我的身子，我一度以為自己將在此溺斃。

馬達聲由遠而近，我被一隻大手撈上了船。一上船，渾身無力的癱倒在小艇上，我開始嘔吐。

「對不起，發生了這樣的事。」休息室中，年輕的女教練低著頭道歉。

剛才有那麼一瞬間，我把她當成了小敏。

「你剛才不是叫我體驗死亡的滋味，我真的體驗到了。」我苦笑，一邊喝著熱茶。

「什麼？我？我什麼時候說過那樣的話？」女教練一臉驚訝。

「有啊！在跳台上啊，在你把我『擠』下台去的前一刻。」我半信半疑的回答。

「我擠你？沒有啊，你站在跳台上，像在想些什麼，然後……對了，我好像發了一下愣，我回過神時，你就已經躍下跳台了。」年輕的女教練看來一臉困惑。

「台灣的高空彈跳發生意外的機率是零。」男教練嚴正的說。

「零？」我驚訝的反問。

「是的，也就是在目前為止還沒有發生過意外。我們的設備都送檢過，都是符合絕對的安全標準的。一口氣斷了兩個安全扣，實在是太不尋常了。」男教練嚴正的說。

「發生這樣的意外很抱歉。」女教練再次鞠躬道歉。

「不，我知道了，這不是意外。」

兩人驚訝的同時抬起頭來看著我，我則雙手一攤，露出了說來話長的笑容。在

等了約三十秒，發現我並沒有要開口談這件事時，年輕的女教練把完成彈跳的證書交給我。

我望著證書，用借來的簽字筆在空白的姓名欄填上了「吳淑敏」三個字。上次幫小敏填名字，是什麼時候呢？印象最深刻的是小敏有次食物中毒，上吐下瀉外，全身的關節處還反反覆覆的冒出殷紅的疹子，並且伴隨著肌肉酸痛無力。

在急診處，她竟然還有心情和我開玩笑：

「你該不會連我的名字都寫不全吧？如果是這樣，我病好後就跟你分手。」

「怎麼可能？」雖然臉上笑著回答，可心裡卻是滿滿的心虛。

名字是不可能寫不全的，但生日及身份證字號則是從小敏的皮包抽出身份證之後，才填齊的。從那次之後，我就提醒自己，要牢牢的記住這些重要的資料。

對了，最近的一次是超市的抽獎卷，最大獎好像是可以得到一年份的咖啡。在一旁舔著特價霜淇淋的小敏，監視著我是否確實將十三張的抽獎卷全填上她的名字，才投入抽獎箱。

「十三張全填，中獎的機率很大。」

「我們拿到很多張，別人也拿到很多張，機率很小，不會中啦，我沒有中這種獎的偏財運啦！」

「不管，全都寫，不寫就一點機會也沒有。說不定之前沒有偏財運就是因為你總讓這樣的機會跑掉了。」

後來，小敏雖然沒有抽中一年份的咖啡，卻也抽到了不錯的產品，是一年份的保鮮膜，足足有十二支之多。看著領到獎品後小敏臉上的幸福感，真是讓我又好氣又好笑，我們哪來那麼多的食物需要保鮮啊！

離開前，我踱步來到了吊橋上，望著碧綠的潭水。

「小敏，是你，對嗎？」

無憾清單

~~1.車站過夜~~
~~2.高空彈跳~~
3.報復的假酒
4.整理照片
5.包下電影院看催淚的電影
6.泳衣夜跑
7.吃三大爌肉飯
8.搭熱氣球
9.偷吃別人的喜宴
10.變裝
11.吃小敏成為二廚後所設計的鐵板燒菜

第十一章　報復的假酒

又過了兩個星期。

六月二十八日，星期五，是這個學期的最後一天課。

趁著學期最後一天，放暑假之前，完成這個項目是再好不過的了。

在我任職的學校，校長是個討厭鬼。有功通攬，有過全卸。學生參加校外競賽成績優良，記者到校採訪時，他總是搶著回答他對學校付出了多少、對學生投入了多少……拍照時，總是站在照片的正中央、最前面。生怕豐功偉業無人歌頌，活像是一具從地獄深處拾級而上的骷髏，到處攫取著別人用生命與熱情催化出的榮譽之花。

「校長剛才擋住我了。」一次語文競賽後的採訪，拍照後，得獎的學生跟我說。

「沒關係，我剛才也被擋住了。」我苦笑著回答。

時代不同了，家長們對老師的要求越來越多，我個人覺得這是好事。但是這些要求裡有些越來越怪，這是我覺得擔心的事。

一大早，總會接到許多電話。

「老師，我兒子都不按時吃藥，幫我叫他吃藥。」「老師，我有跟我女兒說今天晚上要補習，我怕她忘記，一下課就跑回來了，請你幫我提醒她。」「我兒子晚上總是在打電話，你可不可以幫我暗中查查看，看他是在跟哪個女生講電話。問他？他回家來都不跟我講話，我怎麼問他？」「老師，我的兒子很聰明，就是不喜歡唸書，你可不可以多教一點，作業出少一點，驗收？沒關係，他很聰明，一定可以吸收的。」

我喜歡和家長分享一個道理：

「與其在家疼他一輩子，不如讓他在外被大家疼一輩子。」

很多家長疼愛孩子，到了幾近溺愛的地步。

「老師，我家兒子很被動，回家除了打電動之外，什麼都不做。甚至，到現

在，他都國中一年級了，他的澡還是我這個媽幫他洗的。」電話那頭是個無奈的媽媽。

「……」電話這頭是個無言的老師。

你幫孩子做的事越多，越是剝奪了他練習長大的權利與機會。

用正當的方式管教他們，學會了自重與尊重人後，自然而然的，就會得到大家的喜愛，這樣，不管他幾歲，走到哪裡，處處有貴人。

可很多家長不然，總是見不得小孩吃苦，見不得小孩受苦受挫。要知道，身體要靠打預防針來生成抗體，精神層面也是，這是我的預防針理論。讓身體接觸死掉或弱化的病菌，身體將能順利的產生抗體，下次被同種的細菌病毒侵襲時，將能大大增加痊癒的機會。

精神層面也是如此。孩子成長過程中的一些小挫折，讓他獨力面對，我們則在一旁陪著，雖然努力的克制自己伸出援手是很痛苦的一件事。不過，當你看到孩子克服挫折後，臉上的五官所羽化出的笑容之蝶，那是雙贏的象徵。孩子能力的成長絕對是家長得到開心，小孩得到信心的完美結果。

而利用小挫折來培養面對挫折與失敗的能力，就像打預防針來增加抗體一般，不是嗎？家長在孩子們甫出生就幫孩子打了一堆預防針，卡介苗、B型肝炎疫苗、肺炎鏈球菌疫苗、輪狀病毒疫苗……卻不讓孩子學會面對挫折、調節情緒，最後，孩子很可能要終生與憂鬱症搏鬥。

當溺愛的家長來到學校告狀時，老師們就倒楣了。不管家長的理由站不站得住腳，只要家長說了哪個老師不對，那個老師就會被叫進校長室，直接面對家長，先道歉，再做解釋。

這對老師們來說，是莫大的壓力。而有些眼尖的學生，他們只聽明了「一半」，常會利用這樣的情勢，回到家時亂說老師們的壞話，只要家長到學校來告狀，學校一定會給家長一個「合理」的答覆及「滿意」的處置。

「合理」大多是很不合常理的，而「滿意」則大多只滿了家長的意。

有功全被校長搶走，那倒還不要緊，老師們看到學生進步的那一刻，所有聲譽全成為了虛名，像線香燃燒後，一陣風起，灰飛煙滅。但有過全由老師來扛，甚至連不是過錯的「過錯」也都要老師來扛，這口氣才真正叫人難嚥。

在寫這張清單時，我們想起了之前的某一次對話：

「又被叫進校長室？」小敏洗完澡後，正在擦乾頭髮。

「對啊，這學期第幾次了啊？一、二……我自己都數不清了。」

「你是不是沒有送禮啊？他不是很喜歡收禮？」

「才不送他咧，這是賄賂，我要做現代陶淵明，不願為五斗米折腰，拳拳事鄉里小人。」拍了一下自己的腰後，我假意望向遠方，一副志向高大的樣子。

「那麼，來告狀的家長也是小人，不是嗎？一個可以送禮解決的小人校長，另一邊是你無力改變的小人家長，你選哪個？」

「唔……」

「還在堅持嗎？」

「不，我已經在想要送校長什麼了，聽說他只收酒。」

「只收酒？」小敏開始在臉上擦上保養品。

「嗯，因為在很多情況底下，酒可以當成現金來使用，所以有品牌的酒總是大家送禮的最愛，當然，也是收禮者的最愛。」

「那你就送酒吧！」

「真不甘心，他只配喝尿。」我咬牙切齒的說。

「那你把尿裝在瓶子裡，送給他好了。」小敏露出招牌的「鬼靈精怪」笑臉。

在那個大雨的午後，美術館的餐廳一隅，這個項目被小敏列入了清單之中。

前一天晚上，我猶豫了很久。

最後，我還是想做。拿起煙酒公賣局的竹葉青，我打開瓶塞，倒出了一杯酒來，啊，冷冽清香的竹葉青。一口飲盡後，我進了廁所，將杯子給尿滿，然後謹慎的將尿倒進酒瓶裡，塞上瓶塞，輕輕的搖晃瓶身。

今天一整天，我的內心忐忑難安。放學，我帶著酒進了校長室，他的眉開眼笑說明了一切。

「校長，祝你暑假快樂。」為了填補心虛，我臉上堆滿了笑容。

「那個生態文學獎，叫什麼？那個……」

「十分黑琵？」我指導的學生剛獲得了這個比賽的首獎。

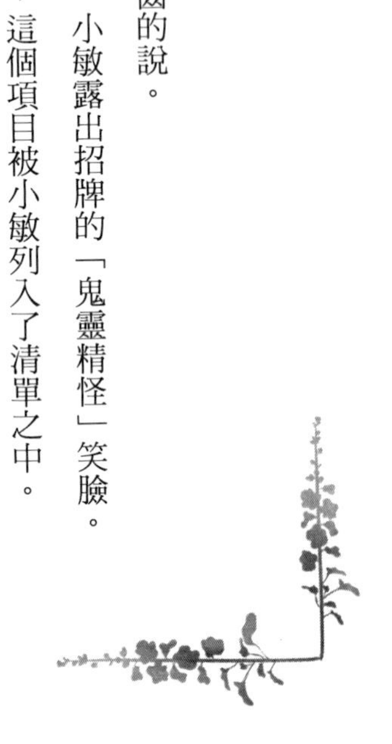

「對啦！記者剛好來採訪，你留下來一下。」

「記者？」校長室裡只有校長一個人。

「對啦，她剛去上廁所，馬上就回來。」

叩叩叩叩……

高跟鞋聲從走廊彼端傳來，而我一心只想趕快離開這裡，離開那瓶混有尿液的竹葉青。

「久等了，這是？」年輕的女記者禮貌性的伸出手來。

她的手溫暖而乾燥。

「她該不會沒有洗手吧？」這是我腦海中的第一個念頭。

人總是這樣，對別人做了虧心事之後，總會神經質的覺得別人也將對自己做出類似的事情。

她身上背了臺簡易的單眼相機，看來只有她一人來採訪，想必這是件不痛不癢的小新聞，所以資歷較淺的她得在快下班之前跑這一趟。

「哇，竹葉青，古龍的最愛。」女記者俏皮的說。

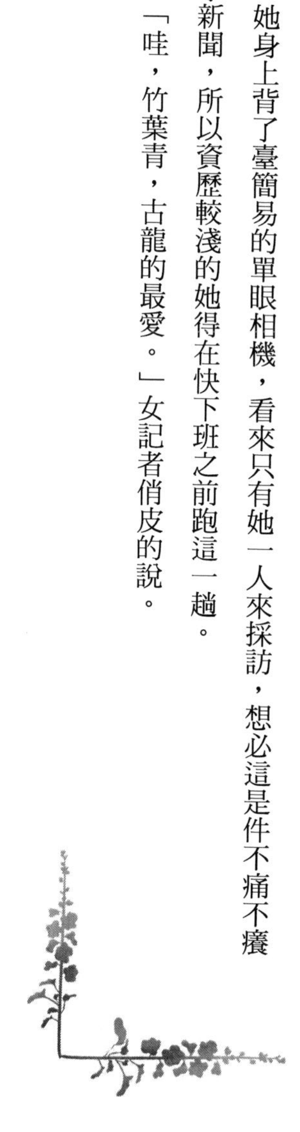

「古龍，是寫小說的那個古龍嗎？絕代雙驕？」校長驚訝的問。

「還有流星蝴蝶劍、楚留香。」女記者燦爛的笑容給了校長最棒的佳許。

兩人互相比了幾個過招的動作。而我，則神色有異的站在一旁乾笑。

「這記者，也太活潑外向了吧！」我心中嘀咕，那是我現在最不想碰觸的話題。

「是老師孝敬你的嗎？」她故意將「孝敬」兩字拖得長長的。

「是啊，這孝心難卻啊！」校長笑著說。奇怪，我剛才怎麼不記得他有推卻？

「喝一杯？」這記者竟然提出這種要求。

「可以嗎？你不是正在工作中嗎？」我盡量委婉的推拒。

「那有什麼關係？只要你不說，她不說，我不說，不會有人知道的，哈哈。」

校長故意用劍指指了我們兩人。

武俠片裡的台詞出現在日常生活中是件非常弔詭的事情，但這種片中下三濫角色所講的話，到了校長的口中，不知怎的，竟然異常適合，就像他整天都將這種話語掛在嘴邊似的。

「我來服務。」花痴記者起身從飲水機旁抽了幾個紙杯。

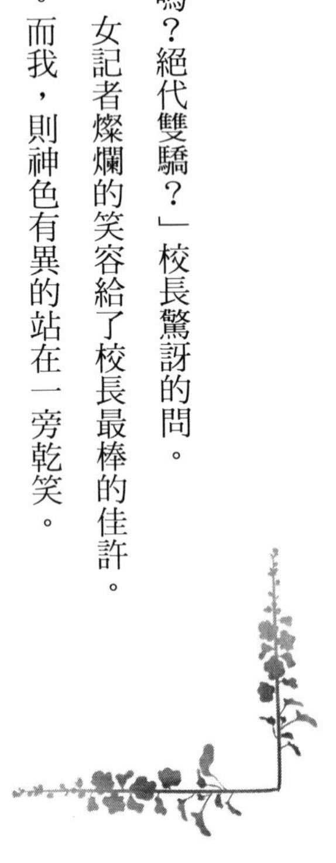

「好香啊！」草莽校長拔掉了瓶塞，輕晃了酒瓶後，將鼻子湊近瓶口。

能親眼目睹討厭的人喝下自己的尿，我連一丁點開心痛快的感覺也沒有，心中滿爬的盡是噁心與不快。這有點像是自己的手被討厭的人撫摸著一般，那種受到被侵犯的不快感。

我該硬著頭皮繼續下去？還是乾脆全部坦誠？或者，一不做二不休，乾脆假裝打破酒瓶。

「等等，先談好正事，才能喝得開心。」花痴記者的這句話像根鐵釘，插進我腦中正在精密運轉的齒輪中。

「這是我的E-MAIL，校長和學生的合照請寄到這裡。那麼新聞稿呢？什麼時候可以寄給我呢？」花痴記者指著名片說。

「老師，你說呢？這幾天忙嗎？」這裡只有三個人，校長當然是對著我說的。我終於知道他剛才為何會要我留下來了。

「明天吧……」我隨口回答。

這不是第一次了，記者不採訪、不拍照，就像是個來收件的快遞員。

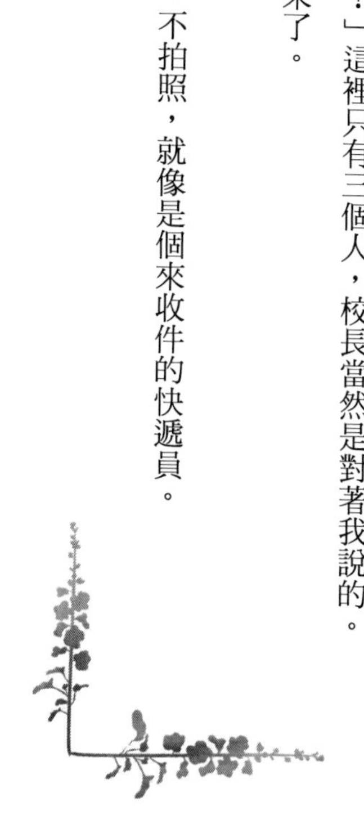

在時代潮流的衝擊下，媒體也面臨了嚴苛的考驗，諸如電子媒體、電子新聞的快速便捷與活潑性，更可與讀者產生互動，讓讀者點選讀完這則新聞的心情，甚至能在新聞的下方留言及討論，發表自己的看法或看看別人對這則新聞的想法。如何平衡人事成本，又要兼顧報導的品質，實在是一項巨大的挑戰。

「管他們去死，這兩隻狼和狽……」

我握著酒杯，猶豫著是否喝下。

此時，女記者竟然束起了披肩的長髮，然後從公事包的側袋中抽出了幾隻黑毛夾，開始整理起她的頭髮。

校長起身前往廁所，看來這是我脫身的好時機。

但是我並沒有成功脫身，因為那記者低頭對著光可鑑人的桌面綁頭髮、嘴上咬著三根黑毛夾、用手指梳理頭髮的樣子，每一項都百分之一百的像極了小敏。我出神的看著她，她卻一點也不以為意，繼續著手上的動作，還對我露出一抹奇特的微笑，那笑容，是小敏的招牌笑容。

「真是的，如果不綁馬尾，我就無法工作，總是分心。」女記者這樣說，小敏也總是這樣說。

失神的我，竟下意識的啜了一口紙杯裡的酒：

「竹葉青？」

好一會兒，我才意識過來自己啜了什麼進嘴裡。大概是尿液的比例太低，口中的酒冷冽依舊，香氣仍然。只是，心中那股噁心感和小敏彷彿重新回到身邊的訝異感也不成比例的混合，我的震驚遠遠大於噁心的感覺。

我想追問她，但還沒想好怎麼開口，校長的腳步聲已傳來，她也重新調整了坐姿，重新擺出職業的笑容。

是小敏，剛才那一定是小敏，她是故意來整我的嗎？讓我喝下摻有自己尿的酒。

校長喝了不少，那女記者也喝了不少。

我呢？也被逼著喝了不少！

酒瓶空了，杯子也空了，心裡也空空的。

那天回到家，在劃掉了清單上的第三個項目後，將家裡餘下的七瓶竹葉青全送給了別人，因為，我應該會有好一陣子不想再碰竹葉青了。

無憾清單

~~1.車站過夜~~
~~2.高空彈跳~~
~~3.報復的假酒~~
4.整理照片
5.包下電影院看催淚的電影
6.泳衣夜跑
7.吃三大爌肉飯
8.搭熱氣球
9.偷吃別人的喜宴
10.變裝
11.吃小敏成為二廚後所設計的鐵板燒菜

第十二章　整理照片

六月二十九日，暑假第一天。

得到這個假期的人，無不忙著傾盡全力的品嚐這份悠閒。

數位相機問世後，拍照越來越容易。

手機鑲上鏡頭後，人更是多了一隻眼睛。

常在展場裡見到許多的家長拉著小孩狂拍，一下要孩子站那裡比那個手勢，一下要孩子站這裡比這個手勢。小孩如果不是被父母搞得一臉不耐煩，嘟著小嘴，就是一臉敷衍，想盡快打發了父母。只有少數「專業」的小孩，一見父母拿出相機就急著擺弄自己的身軀及表情，而這些小孩卻往往人小鬼大，擺出了不符合自己年齡的專業模特兒姿勢，那種不自然實在令人不舒服。

有些情侶特愛拍照，生怕如果不為自己留下些紀念，分手後將會什麼也不剩下似的。找得到路人，就找路人幫忙拍照，請路人拍完後，兩人還要搞個臉貼臉、腮貼腮的自拍，一玩就是好幾分鐘，整趟旅程下來，扣除了吃飯喝水和走路的時間外，大部份都在自拍。

「閃瞎」了旁人不打緊，他們還總是佔據著適合拍照的地點，就算後面等著拍照的人排成了一條長龍，他們依然能旁若無人的卿卿我我，這工夫真是一絕。我常想，他們是不是練成了漫畫裡的蓋世魔法，能在眾目睽睽下創造出一個異空間，只屬於他們兩人的空間，別人無法涉入其中。

小敏總是認為照片多不如照片好。

有次我們在高美溼地上，小敏足足等了十分鐘才按下快門，捕抓到了一張小孩試圖追逐樨鷸的照片。

「好照片應該是有靈魂的，所以按快門的時候要想像自己在捕捉一頭有生命的獸。」小敏如是說。

而我，雖然能夠認同，但很多時候總是妥協，為了怕拍壞，只好多照幾張。

等了十分鐘而照一張照片，是一種接近藝術的追求吧！而我，卻總是務實的一分鐘照十張照片，再從中選擇較好的留為紀念。

然而，整理照片卻變得更加困難。

為了怕錯失完美的畫面，高速連拍是個好選擇。但選取照片時，該從這六張照片中選取哪一張呢？這張背景暗了點，這張眼睛有點瞇，這張下巴抬得高了點……都選，太佔儲存空間。只選一張，又得煩惱該選哪張才好。

好不容易選好了照片，問題又來了。

哪些該洗出來呢？

都洗，花費太高，且收藏困難，一年也許翻閱不到一次的相簿巨人，總是沉寂的蹲在櫃子的角落。不洗，每次使用電腦時，總是急著用搜尋引擎或其它的應用程式，照片總是被排擠在後，好不容易輪到它時，主人已經累極，發放「關愛」的窗口上，早已無情的高掛「休息中，明天請早」。

不照相又覺得可惜，生怕錯失了生命中那些寶貴的回憶，所以我和小敏總是把整理照片這件事視為苦差，不到緊要關頭，沒有聞到「眉毛的焦味」時，絕不輕易動工。

不過這次的整理照片卻輕鬆了不少，因為我要把每一張都留下來。照片數量雖多，但這些是我所僅有的小敏的照片，以後不可能增加了，我怎麼能再刪掉它們。就連那張在小港機場觀看飛機夜間起降的照片，我都留下來了。

機場旁的咖啡雅座，昏黃的燈光下，小敏手扶著桌上盛著冰淇淋拿鐵的高腳杯。擺好甜美姿勢的她，卻在我數到三的同時，被一隻路過的金龜子給嚇著了。嚴格來說，那張照片是由一杯冰淇淋拿鐵和後面的一團綠與黑的光暈所組成的。那件綠色的洋裝，是吸引金龜子的原因吧！

適當的催化劑，能有效的加快化學反應的速率。

這些照片就是適當的催化劑，它們加快了某些情緒的生成與變化。我越來越想念小敏，如果事故那天我們順利的到了心之芳庭，小敏提出分手要求時，我絕對不會答應，絕對，絕對……

我一定會盡全力挽留她，哪怕是要我放棄寫作，多接些家教賺取外快，我也願意。戒煙、戒酒、早睡更不用說了。

但，我的眼淚就是流不下來，不知怎麼的，我胸口爆炸般膨脹的情感，渲洩無門，就這麼積貯著。

「這些都要？洗幾份？」穿著白色汗衫的沖印店老闆懶洋洋的問。

一份給我，一份給小敏？怎麼給？燒？用燒的嗎？

「兩份。」

一千四百多張的照片，洗兩份，就花了我將近一萬五千元。

六月三十號，星期六。從老闆手中接過沉甸甸的紙箱，接過沉甸甸的回憶。

其中兩次日本行的照片總合就將近八百張。

照片是按日期排好的，第一張就是我們在小樽初遇時照下的，照片中的我們青澀、稚嫩。拜整理照片所賜，我又重新見到自己當初青澀的模樣，也喚起了第一次

見到小敏時的那股悸動。

拿著陪我渡過軍旅生涯的鐵臉盆，我來到露台上。我為自己點了一根煙，這時不抽煙，什麼時候才該抽呢？

點燃蠟燭，看著燭焰輕輕的搖曳著，焰端還不時冒著絲縷輕煙。

捻起第一張照片，湊近燭光，回憶的一角開始扭曲、融化，接著化生出一道光焰，向上蔓延，青煙迅速的在黑夜裡消散。

「回憶也會消散的這麼快嗎？」我喃喃著。

忽然，看見火光慢慢的向小敏的臉撲去時，心中生出一股不捨感，刺刺痛痛的。

看來，如果要燒完這一千四百張照片，我定會因心穿孔而死亡。就算只是小敏的照片，現正處於敏感時期的我，也無法眼睜睜的看著它被燒毀。就像前兩天，我因為不慎打破了小敏的漱口杯而沮喪了一整晚。

不燒了吧！誰說燒了小敏一定拿得到呢？我這樣安慰自己。

那麼，怎麼辦呢？誰會想要這些照片呢？小萱嗎？

那傢伙，在喪禮上，可是連一張「小敏覺得自己生前最美」的照片都不肯給我呢？我一口氣給了她一千四百張照片，應該可以展現出我的大方吧？

唉……這偏偏不是大方小氣的問題，姐姐是她唯一的親人，現在卻被我給害死了，要她怎麼釋懷、怎麼給我好臉色看呢？

客廳，小萱家。

氣氛凝重。

「你來幹嘛？」小萱不客氣的問。

「我整理了照片，然後，多洗了一份。」像個犯錯的孩子，我不知道該說多少，說少了怕會罵得更兇，說多了則怕又說出另一件錯事。

「幹嘛多洗一份？」這是第二個「幹嘛」了。

「我……」

「幹嘛吞吞吐吐？」第三個「幹嘛」。

「本來想燒給小敏的，可是……」這時候的我罹患了「措詞困難」症。

小萱的眼眶紅了，她的手緊緊的握住了丈夫的手。

「可是，我怎麼都無法忍受小敏在我眼前……被火……呃……消失……」看著開始流淚的小萱，措詞變得更加困難。

「我就說你誤會他了。」小萱的丈夫說。

「誤會？」

「喪禮上，你連一滴眼淚都沒有留，還頻頻看著手機和手錶，彷彿心思都在別的地方，小萱還甚至懷疑你是不是有了新的女友。」

「對不起，我……一直看著手機和手錶，是因為……那時我總會忘了小敏已經……離開了。頻頻看錶，因為我總誤以為她遲到了，然後，才想起來她已經……。一直看手機，是因為我在等她的簡訊或電話，看看她是否平安，其實她已經……」我的腦袋已經一片空白，原來講出來不難，要把它講完才是真正的困難。

胸口上壓了一顆巨石，越是吐氣講話，越是將我的胸口壓得更加皺縮，再如何吸氣也撐不開肺葉，我感到自己即將窒息。

「所以，你那時是在苦笑？」小萱的丈夫說。

「苦笑？」胸口的巨石因疑惑而稍加緩解。

「你自己也記不清了是吧？小萱那時還很氣憤的告訴我，說你在姐姐的喪禮上，還眉開眼笑的玩著手機。」

「我哪有說得那麼誇張？」小萱吸著紅紅的鼻子說。

「這個可以給他了吧？」小萱的丈夫從茶几的抽屜裡拿出一張照片，將它輕壓在桌上，然後朝我推過來。

照片背面朝上，角落一隅寫著我的名字。這是小敏覺得自己生前最漂亮的那張照片。

我伸手按住照片，小萱的丈夫收回了手，他們兩人正等著我翻開相片。深吸了一口氣後，我用姆指和食指慢慢的「翻身」，這一翻轉，攪得我的心底天翻地覆。

「是這張？」掩不住的驚訝。

「這張怎麼了？」小萱皺眉。

「這是我唯一燒掉的那張照片，這是我們在小樽初遇時所拍下的第一張照片。」對我來說，這一切太過巧合了，驚人的巧合。

「這真是太巧了，將這張帶回去，正好補足你家裡缺了一張的那份。」小萱的丈夫說。

「姐姐在醫院時，特地交代我要用這張照片。」小萱又吸了吸酸紅的鼻子。竟然特別指名死後的遺照，這種樂觀還真像是小敏，等等，在醫院？

「在醫院？」最後一句話竟不留意的脫口而出。

「是啊，姐姐最後有醒過來一會兒，我以為她的情況好轉，還開心的拍手大笑，沒想到……」

「怎麼可能？」

「沒有人告訴你嗎？」小萱疑惑的問。

「好像是，你沒告訴他，而他那時還在昏迷之中，出院後就沒再和我們聯繫了。」小萱的丈夫若有所思的說。

「她說了什麼？」激動、自責、羞愧、難堪，我幾乎就脫口而出自己的「犯行」，心中卻又隱隱覺得如果小敏能告訴小萱，那麼，就不需要由我自己啟齒。

就算被辱罵，就算被看不起，只要有人能知道這件事，會不會讓我的罪惡感減少一些？可是，我偏又沒勇氣說出車禍前的吵架，如果不是吵架導致我開車分心，說不定小敏就不會以這樣的方式香消玉殞，如果有人能幫我說出來，那將會多麼的令我如釋重負。

「她要你好好保重，還說，來不及告訴你一件重要的事。」

「重要的事？分手嗎？」小敏沒跟小萱說我們大吵一架的事嗎？

「分手？什麼分手？」

「我覺得小敏忍受不了我，最後一段相處的時間，她總是在抱怨我，挑我毛病，那天，我以為她要藉機和我提分手。」我低聲的說。

「我就叫她要早點告訴你的，她就是不肯，才會引來這樣的誤會。你誤會了她，又讓我誤會了你。」小萱又哭了起來。

「敏姐有先天性的心臟病，在成年後情況好轉，但在幾個月前，她忽然感到胸口疼痛，一開始，她以為只是工作太勞累，直到在工作現場暈倒，被送到醫院後，才診斷出是心臟方面的問題。」小萱的丈夫冷靜的說。

「然後？」我的腦筋一片混亂。

「從那時起，我一直提醒她要好好的跟你說，結果她一天拖過一天，一點都不像她的個性。」小萱流著淚，一滴接著一滴。

我十分羨慕。真希望我也能痛哭一場，宣洩心中的愧疚與自責，哪怕只有一點點也好。

「那她的頭呢？」我比了比自己的右額角。

「那個傷口啊，醫生說只是皮肉傷，你們的車被大卡車高速衝撞時，兩人全身都有多處挫傷，敏姐額角上的傷只是皮肉傷而已，真正的致命傷是體內出血及心臟衰竭。」

原來我們大吵後，為了閃避突然衝出來的機車而使小敏的頭撞到了車窗，只是使她暈厥。也就是說，小敏並不是我害死的？不過，如果不是我的失誤，也不會將車停到路邊去，更不會被那輛因雨天超速行駛而失控打滑的奪命卡車撞上，小敏也不會死去，這中間的分別只是「直接」和「間接」，不管如何，小敏都是我害死的。

腦袋裡彷彿被倒進混加有珍珠、布丁、粉條、椰果、芋圓的奶茶。有次我請教室佈置有功的同學喝飲料時，有個學生竟然點了這樣的飲料。這些甜食各有各的好處，但混在一起時會全部失去光澤。「好噁心」是那頑皮學生喝下第一口後的真誠感言。

兩人相處總有數不完的回憶，甜蜜的依偎、酸溜的吃醋、苦悶的小別、甘美的關懷一齊湧出，全數傾入心臟這充滿熱血的杯子中時，那滋味，將怎麼用文字記錄得下來？

最近這段日子，我的思緒總是紊亂的，不知何時才能理出頭緒。然而今天這番對談，將會使我早已亂如麻的思緒更加糾結不堪吧？

「你還好吧？」看著久久不發一語的我，小萱的丈夫略顯擔心的問。

「姐姐一直挑剔你，是希望你能改掉不好的生活習慣。在她『走』後，希望你也能過得很好。」小萱又有些哽咽。

「怎麼可能？少了她，怎麼可能？」我又一次脫口而出。

「對嘛，怎麼可能？」小萱說完大哭出聲。

「我見到小敏了。」為了轉移小萱的注意力，也同時再給自己一點時間。

「什麼？」果然是夫妻，兩人同時問了這句話。

將小敏現身指著床下的清單，到自己擬出清單施行了前三項的事情，我約略的講了一些，當然，我將小敏想帶我進另一個世界的想法掩蓋了。

「謝謝你，這樣對敏姐好，說不定，對你也好。」小萱說。

「對我也好？」

「說不定，我是指……說不定啦，也許，在完成了清單之後，你才能真正的跟敏姐告別。」小萱緩緩的說，最後的「告別」二字重重的擊在我的心頭。

當人總是忙著迎接新的人事物時，對舊的人事物勢必無法好好告別吧！

在我任職的學校裡，國文科的教師們總會定期舉行聚餐。

大家都有各自的忙碌，所以聚餐的時間總是很「難喬」，往往一個學期只能聚餐一次。而且每個人都有不同的人生規畫，所以每年都會有離職或調職的老師，也會有新進的老師們。

因為聚餐少，所以暑假的那一次聚餐，總會冠上「迎新送舊」的名義。在迎新的同時也送舊。

如果對新人太熱情，冷落了要離開的人，就彷彿是給要離開的伙伴們難堪；如果對要離開的人太熱情，冷落了新人，新人的心裡一定會很不是滋味吧！

所以在暑假的這次「迎新送舊」，要不是將要離開的人沒到，要不就是新人缺席，很難同時迎新又送舊。

如果兩邊都在了呢？那情況就會變得非常微妙，沉重的微妙。不是氣氛異常的「冷」，大家靜靜的吃飯，竊竊的私語，然後散會；就是氣氛異常的熱烈，大家拼命的找話題來填滿空白，一刻都不能冷場。

看來，這張清單是讓我靜下心來，好好送舊的機會之一，是嗎？

清單上的一個項目又被劃除了。

無憾清單

~~1.車站過夜~~
~~2.高空彈跳~~
~~3.報復的假酒~~
~~4.整理照片~~
5.包下電影院看催淚的電影
6.泳衣夜跑
7.吃三大爌肉飯
8.搭熱氣球
9.偷吃別人的喜宴
10.變裝
11.吃小敏成為二廚後所設計的鐵板燒菜

是啊，在還沒好好的跟小敏告別前，在我心中的某處，一直認定著她依然好端端的活著。

直到離開小萱家，我依然提不起勇氣告訴他們，我曾在事故發生前，和小敏大吵一架這件事。

第十三章　包下影廳

「你好，我想請問，包下頂級影廳大概需要多少費用？」我在陽台，撥打著小敏當初硬是要買的無線電話，現在，我才知道它的好處。

「這個……因為搭配餐點的不同，會有不同的費用。」電話彼端傳來年輕女聲。

「那麼，要先跟你們約好時段嗎？」這時的我覺得錢不是問題，或者是說，我已經沒有多餘的心力把金錢也納入考量。

「嗯……這個，我們負責包廳的經理下班了，你可以留個資料嗎？」

「可以，另外，我想再請問一下，包廳的話只能看院線片，還是可以幫我播放以前的電影呢？」

「請問是多久以前的呢？」她皺眉的表情出現在我的腦海裡。

「二〇〇八年的電影。」

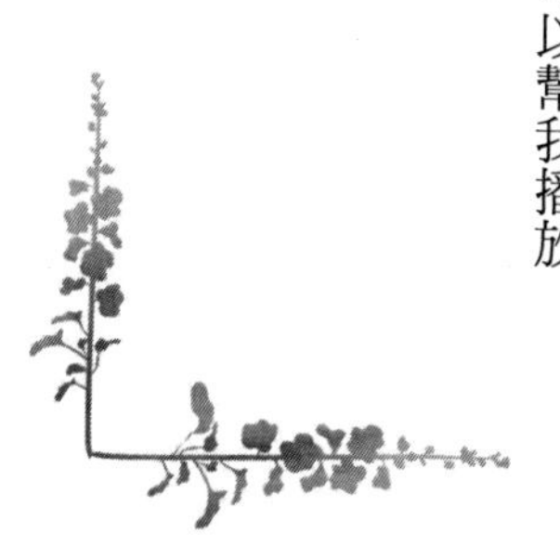

「二〇〇八喔，請你稍等一下……」話筒傳出刺耳的合成電子音樂聲。唉……又考倒一個工讀生了，自己以前也經常工讀，所以，我的心底昇起一股歉意。

「喂……你好。」電話彼端傳來沉穩女聲。果然換人了，我心想。

「你好。」

「聽說你想包廳？」

「是的。」

「嗯，而且你想播放的是五年前的電影？」雖然這種再次的確認是專業的表現，但我就是覺得不耐煩。

「對。」

「請問你的用途是？」

「私人聚會。」

「因為我們播放的是院線片，所以五年前的電影可能無法幫你播放喔！」

「要額外多付多少錢都沒有關係，可以委託你們幫忙嗎？」

「好吧，我會再和經理商量。」電話那頭的女聲聽來有些遲疑，但她似乎感受到了我的誠意。

「那就拜託你了。」我捻熄了一根煙。

「我們的包廳分成四十人和三十人的。」

「請問三十人的需要多少費用呢？」

「約是一萬九千八百元。」

「也就是說，比全票五百一十元乘以三十來得還要貴囉？」

「是的，因為這包含餐點的價錢，如果想要升級餐點，費用將會不同。」

「那麼請問四十人的呢？」

「兩萬六千四百元，這也是包含餐點費用的。」

「如果我們只有兩個人呢？」

「你是說，你們只有兩個人要包廳？」聲音裡有股不可置信。

「是的。」

「喔，那麼最低的費用還是相同，只不過餐點我們會再和你talk。」這傢伙犯

了我這個國文老師最討厭的毛病，說中文就說中文，說英文就說英文，為何要像學校裡那些英文老師一樣，總愛在講話中夾雜著幾個英文單字，這樣可以顯現出你們的高人一等嗎？

「我知道了，請務必幫我轉達。」我按下結束通話鍵，上面是個話筒的形狀，打了個叉叉。

我想，我和小敏的愛情，就是由我按下這個鍵的，一個愛心，上面打了個叉叉的鍵。

露台的地面上，橫躺著幾根煙蒂，到底抽了幾根？我自己也記不得，只記得，至少有三根或四根的煙蒂被風吹下了露台，明天一樓的阿伯又要嘮叨了。他會一大早站在大樓門口，對著這棟樓每個出門的人抱怨，連住在三樓的國小二年級小妹也不放過，他明知道煙蒂不可能是她丟的。對他來說，煙蒂是誰丟的不重要，有事能讓他當成藉口來抱怨才重要。

我不也是這樣嗎？總是說自己在追尋夢想，寫著一篇又一篇的小說，其實我寫了什麼不重要，重要的是，我把追尋夢想當成了藉口，一次又一次的逃避自己應盡的責任。

小敏並不是死在我的手上——我心愛的人並不是死在我的手上——讓我心上的大石著著實實的落了下來。

但，我還是傷害了我心愛的人。這十惡不赦的罪行和另一個更加十惡不赦的罪行一比，好像就來得沒那麼十惡不赦了？

另外，小敏竟然沒跟小萱說出我們大吵一架的事，她連臨死前都還在維護我，我怎能如此冷血？對於罪行沒被揭發一事感到慶幸？

就這麼失去了一個真心愛我的人，而我還是在她死去了以後，才發現這麼一件事。

還有一件事一刀重似一刀的剮著我的心，我自詡自己深愛著她，但她已經病重到隨時會撒手人寰，我卻完全不知情，整整三個月。這令我情何以堪？我就這麼不值得信任嗎？

我的確表現的令人難以信任。

我的胸口好痛，但怎麼就是流不出淚來呢？這次在只有我一人的電影院中，小敏會來帶走我嗎？我害怕，卻又期待著。

父母早逝的她雖然堅強於生活上的每一件事，但遇到感動的故事總是不吝惜她的眼淚。

我還記得，有個假日，我們出門買早餐回到住處，電視上正好上演著賺人熱淚的電影，當忠犬一再回頭望向主人時，啃著紫米飯團的小敏，就這麼痛哭出聲，其聲音之響亮，害我以為是火災警報器響起。當我冷靜下來，試著尋找聲音的來源時，真的，她就這麼將飯團靠在嘴邊，嘴張得大大的，發出一種近似哀嚎的聲音，良久，她才擠出這麼一句：

「好可憐……」

有次在看了感人的愛情電影後，劇終，我正準備起身，小敏卻拉著我示意我坐下。正納悶時，燈亮了，看著小敏紅腫的雙眼還有臉上掛著的兩行淚珠，我不禁笑了，笑得很大聲。周圍的人紛紛轉過頭來看，先看我在笑些什麼，然後，順著我的目光看向了淚流不止的小敏。

「太可憐了。」小敏啜泣。

「你啊，笑死我了。」移師到了晚餐的餐廳後，我忍不住笑了她，我覺得這樣投入劇情的她好可愛。

「你很煩唉，這種這麼感人的電影，下次不要到影城看啦！」為了讓她不哭，我表明晚餐我請客，這時，小敏邊說，邊將手指移向最貴的套餐。

「我怎麼知道會這麼動人呢？」我心中暗下決心，有天，我的作品也要能讓人動容。

「電影是你挑的，還要賴。」小敏又指了杯價位最高的調酒。

「好啦，下次再遇到如此感人的電影，我們就包下影城，你怎麼哭都行。」還記得當時我將她的手指移向另一個價位較低的套餐時，小敏堅決搖頭。

這件事就這麼被小敏列入了清單之中。

七月二日，星期二，這是影城與我約定的日子。

這些回憶在電影的片頭開始時，倏的湧上心頭，揮之不去。

在我和影城經理talk過後，餐點是兩份高級的牛排，經理因為和店家有交情，所以店家願意排除萬難，外送高檔的牛排到影城裡來。

「另一位呢？」影城工讀生興奮的問，她們應該想知道讓我花大錢的另一位是怎麼樣動人的一名女子吧！

我不知道哪部電影會讓小敏大哭，我只記得，她向我提過：

「大學和室友去看了『P.S.我愛你』時，我哭得淅瀝嘩啦的，好丟臉。」

這影城經理還真是個有辦法的人，竟然真的幫我找來了片子。

看著片中的男主角傑哈德巴特勒，在死前的精心安排，試著在自己死後能幫助美麗的希拉蕊史旺重新站起來繼續人生，感動之餘，我覺得十分慚愧。片子我早已看過，劇情高潮時，我的胸口痛苦不堪，彷彿是個灌飽氣的皮球，即將要漲破似的。

我準備起身，想到外面抽根菸再回來時，一個服務生坐到了我的身旁，她制服的窄裙微微的往上縮。

「你是？」除了疑惑，還是疑惑。

「嗚……」她啜泣著。

從電影螢屏反射出的光線，忽明忽暗的照著她的臉龐。那是臉上掛著兩行珍珠的小敏，她的鼻子不停的抽吸著，生怕一停下抽吸，鼻水就會流下。

「我有好多話想對你說。」我艱難的擠出這句話。

「別，現在正感人。」她用面紙按了按鼻子。

「可是……」

「別。」她將手指提到唇邊，示意我別再說了。

「好吧，現在只有我們。」我輕輕的將她的頭扳向我的肩膀上，一開始她還微微的抵抗著，後來，她幾乎像是無尾熊一般的緊緊的抱住了我的手。

「好可憐喔！」她開始嚎啕大哭。

電影即將播完時，那服務生忽然跑離座位，留下兩客天價的牛排，還有一頭霧水的我。

那工讀生覺得我很可憐？是因為我花了大錢而約會的對象卻沒有出現？還是她也看了電影的內容而心有所感？

或者，她是小敏？她來陪著我完成清單？

沒錯，那個神情，那樣的語氣，那種警報響起般的哭嚎聲，和小敏一模一樣，

她就是小敏沒錯。這種懷念的感覺，令我全身暖暖的，好幸福。

短暫的幸福。

無憾清單

~~1.車站過夜~~
~~2.高空彈跳~~
~~3.報復的假酒~~
~~4.整理照片~~
~~5.包下電影院看催淚的電影~~
6.泳衣夜跑
7.吃三大爌肉飯
8.搭熱氣球
9.偷吃別人的喜宴
10.變裝
11.吃小敏成為二廚後所設計的鐵板燒菜

第十四章　夜跑

今年五月底開始，彰化縣員林鎮興起一股夜跑風氣，並在臉書上成立「員林人夜跑俱樂部社群」，成員已逾數千人，每星期一、五是夜跑時間，夜跑以一百八十四公頃市地重劃區的三十米外環道為路線，每次參加夜跑人數多達數百人，更一度突破千人。這股夜跑風氣，還從員林鎮擴散到溪湖、田中、北斗、永靖和彰化市。

還記得看到這則新聞時，小敏說：

「在我家附近吔，我們挑個日子，也去跑吧！」

「嗯……嗯……」一向對運動避之唯恐不及的我，用了兩個鼻音回覆。

「你不要敷衍我啦，下次週末到小萱家過夜時，我們一定要去跑。」小敏神情嚴肅的說。

「唔，你有聽過錦衣夜行嗎？」

「有啊，怎麼了？關這什麼事？」小敏疑惑的問。

「嗯，要我答應不難，只要你也答應我一個要求就行。」我故作神祕。

「什麼要求？」

「穿著泳衣去跑，這才是真正的錦衣夜跑。」我大笑，我料準了惜肉如金的小敏，絕對不可能答應這樣的要求。

「你喔，要你運動像是要你的命一般。」小敏嘟著嘴說，我好懷念那個表情啊！

後來，在那個下著大雨的午後，在美術館，「泳衣夜跑」這事就這麼進了無憾清單。

七月三日，星期三，我在尚未通車啟用的外環道起點。

「暑假了，人變多了。」

「對啊，放假前人數只有今天的一半不到吧！」

聽著一旁的兩個小男生交頭接耳著，穿著緊、短、窄泳褲的我，渾身不自在的做著彆腳的暖身運動。別無他法，我只有這件塵封已久的四角泳褲。

但是，我發現大家都各自忙各自的，誰也沒有注意別人。

有人滑著手機，選定跑步時要聽的音樂；有人三兩成群，開心的聊著天；有人埋頭狂做伸展操，等下開跑時，他會以什麼樣的姿態出發呢？有人穿著白色的「吊嘎仔背心」和「藍白拖」，天啊！這能跑嗎？有人手上拎著宵夜，沉甸甸的透明塑膠袋托著紙袋，紙袋上有著一隻紅色油墨印製的雞，牠正用應該是沒有手指的翅膀比了一個「讚」的手勢，我不懂，來夜跑是為了身體健康，那一大袋鹽酥雞是跑完後要吃的嗎？或者，他是要邊跑邊吃的呢？有很多穿著小可愛背心、熱褲的年輕美眉來跑，而更多沒有「家累」的男性則忙著「欣賞」她們。

大家都忙著各自的事情，除了兩個人，一個是我，我一直在觀察大家，然後在心裡給出惡毒的評論。另一個是個女生，她藉由伸展腿部的動作，一直偷偷的在觀察我。

發現這件事的我，有種螳螂捕蟬，黃雀在後的驚恐。她會怎麼評論我呢？

厚道的話，她會說：「這個人剛游完泳又來夜跑，他會不會太累啊？看起來太瘦了。」

有運動常識的話，她可能會說：「游泳完又跑步，他應該是練三鐵的吧！」

毒舌的話，她可能會說：「身材那麼差，還穿這樣來跑，是反夜跑聯盟派來的嗎？」

等等，她正向我這邊走來？我們的眼神不小心對上了幾次，她是來警告我別色瞇瞇的盯著她看嗎？可是，她穿著長褲和薄外套，看來是個惜肉如金的人，而且我的眼神也沒色瞇瞇的，嗯……應該是吧。

結果，她的舉動大出我意料之外。

「跟我來。」她扯開整件褲子，是那種側邊全是鈕扣的熱身褲，並脫去了薄外套。

她將這兩件衣物塞進了束口袋，然後掛在肩膀上，最後才抬起頭。她……她……穿著「水母裝」……

水母裝，浮潛時的裝備，防曬、防刮、防水母，它像是加長版的泳裝，材質多為萊卡布料，能貼緊身體，雙手的部份則是長至手腕，雙腳的部份則是長至腳踝。

原來，這也算是泳裝的一種。如果是惜肉如金的小敏的話，她一定會取巧的穿這種泳裝來跑的。

小敏擁有優雅的體態和健美的身材，而她卻總是害羞的覺得自己的身材不夠好，除了運動短褲外，總是惜肉如金的將自己包得緊緊的。

「怎麼啦？跟緊喔！」她望著我呆愣的表情，皺了皺眉頭。

不知道為什麼，我十分聽話的跟著她。看著擺動的馬尾，動感十足的肢體，我想起了小敏。

小敏跑步或是快走時，馬尾總會有勁的撩撥著路人們的視線。她的心臟有毛病，怎麼可能呢？她總是那麼的熱愛運動，總是那麼的積極有活力。

「你也是打賭輸了？」在我趕上她，和她並肩後，她這麼問我。現在，我知道她為什麼要穿這樣的衣服來夜跑了。

「算是吧！」如果向她解釋「清單」的事，我應該會被她當成瘋子吧？

晚風拂面，帶走了因運動而產生於毛孔的熱度、二氧化碳、汗水，也帶走了因生活而產生在心裡的不安、疲累、恐懼。

我的側腹部開始隱隱作痛，大腿內側開始產生刺痛感，小腿發酸，腳踝腫脹，腳掌像是要裂開了一般，腳步越來越難抬起。

「我幹嘛把自己逼到這個地步呢？」心裡這麼想，腳步也隨之慢了下來。

「喂！不要跑輸我這個有心臟病的。」水母裝妹轉頭對我說。

「你有心臟病？」我驚訝的問。

「是啊！」

「那你還來跑步？」

「慢跑和游泳不成問題。」直爽的回答讓我在她的身上彷彿又看見了小敏。

「你不怕……」我沒把問句完成。

「怕啊，但我更怕什麼都沒做，心臟就停止跳動了。」說完，她又開始向前邁步。

小敏的心態一定也是如此吧！越不能做的事，會越渴望去做。所以，當她抱怨著我懶於運動的時候，心裡的感受想必十分複雜吧！她渴望運動，而身體無恙的我卻完全揮霍著健康。

燈光變得模糊，我的眼睛逐漸的失焦，我跟著她，盡全力的跑著，痛苦似浪潮一波接著一波向我襲來，腦袋開始停止運作，最後變得一片空白。隱約的，我感覺到，前面的那女孩其實就是小敏。

但是「望其項背」有時會讓人難堪，快要追上卻又追不上的感覺，最是痛苦。「行百里者半九十」、「現在放棄，那先前的努力就全白費了」等勵志名言紛紛冒上心頭，可身心早已不堪負荷。

當前人馬尾的髮絲不再根根分明，當前人的耳後脖根漸漸模糊不清，前人的肩與背也漸漸連成一片令人難以前行的高山凍原，刮著風霜雪雨的高山凍原。

「算了吧」的想法衝擊原本就已薄弱的理智，天秤瞬間倒向放棄的一端，當「適可而止也是一種智慧」的念頭萌芽時，它倏的化身名為放棄的參天巨樹。這種

樹在我的一生中生發過無數次，或許，回過頭看我的一生，來路就是這樣一片「放棄的密林」。

可是，這次我絕對不放棄，就算死也不放棄，我想追上去，到那女孩的身邊去，看看她的側臉，看看小敏的側臉。

終點前，被催發到極致的身體終於耗盡體力，我的腿不聽使喚的軟倒，腳開始瘋狂的抽筋，小腿前兩條肌肉和小腿後的兩條肌肉，就像約好似的，同時抽搐起來，痛死我了。我拼命的按摩著小腿，眼睛仍盯著前方那越來越小的身影。

我被她遠遠的甩開，遠遠的……

就像小敏離開我那樣……

無憾清單

~~1.車站過夜~~
~~2.高空彈跳~~
~~3.報復的假酒~~
~~4.整理照片~~
~~5.包下電影院看催淚的電影~~
~~6.泳衣夜跑~~
7.吃三大爌肉飯
8.搭熱氣球
9.偷吃別人的喜宴
10.變裝
11.吃小敏成為二廚後所設計的鐵板燒菜

第十五章　爌肉飯

在知道了小敏並不是來找我索命之後，我感到一絲失落，以及滿滿的愧疚。就算我知道了小敏因心臟病將不久人事，我依然自責。

如果不是那場爭執，我也不會將車停在路旁，然後遇到了那輛致命的大卡車。「好後悔」這三個字在我的腦海不停盤旋。「對不起」則負責佔據我的心房，隨時堵得我的胸口滿滿的，喘不過氣來。

至於那一絲絲的失落，是原本希望小敏能帶走我好使我解脫。現在，我知道自己勢必得一個人留下來面對了。

然而，為了讓小敏好走，完成這張無憾清單是我僅有的贖罪方式。到目前為止，每次在執行清單上的項目時，我總能感覺到小敏陪在身旁，那種熟悉的，一種淡淡的、似曾相識的感覺。

七月四日，星期四，暑假的到來讓不用工作的我陷入了一種無依無靠的生活，像顆浮萍，隨著水流，不停的碰撞著，碰撞著周遭的一切人事物，輕輕的撞上，又輕輕的被分開，一切都是那麼的無感。

這些時間該如何打發呢？該做些什麼才能轉移我的注意力，讓我不再那麼的想小敏？於是我將精力與心神全投到了清單上，那張能讓小敏「好走」的無憾清單。

完成清單變成我生活的重心，從原本的「完成就好」變成了「全力準備」，開始期待每一次和小敏的「再相遇」。

學習餐飲的小敏，對於食物有種特別關注，她總是用很科學的角度去對待食物，這是我這個味蕾枯萎憔悴的虎嘯男所無法理解的。

一餐飯三個小時，一張小圓桌，兩個人對坐，食物被分成數道鋒線向我衝鋒，無奈兵源分散，甫至城下即潰不成軍。一道焗烤田螺，只消三十秒，就被我收拾了。小敏卻能品嚐它們的味道、香氣、口感，甚至連最後的醬汁也不放過，用麵包沾著，一點一點的享受。

「怎麼不上快一點？」

「上菜太快就無法好好品嚐了啊。」小敏總是這樣「感化」我。

每次這樣的大餐才剛吃完，我的肚子馬上就又餓了，因為細嚼慢嚥讓食物更容易消化。

有次在我的高中同學聚會中，我們起了爭執，對於彰化市好吃的爌肉飯，同學各有擁戴。在一團混亂的你爭我吵中，大家看向了小敏。

「你女朋友是廚師，問她比較準。」

「其實，每個人的口味都不一樣啦，所以硬要選出第一就會很麻煩。」經過小敏的提醒，大家略為點點頭，轉向其它的話題。

「他們說的，我們都有吃過嗎？」小敏悄悄問我。

「沒，我們只吃過一家。」

「我想吃吃看。」

「好啊。」

「不過要在同一餐去吃喔！這樣才能比較出哪家比較好吃。」看來小敏又開始發揮她專業的研究精神了。

「這有點難度。」我神祕的笑著。

「難度？」

「因為，這三家店的營業時間都不一樣。」

「是嗎？」

「嗯，大家俗稱的魚市場爌肉飯，本起於魚市場邊，因為要賣給辛苦的批發運送魚貨的工人，所以他在晚上十點半才開店，賣到凌晨，賣光為止。而老朱爌肉飯則是賣給早市的攤商們，所以是清晨開始賣起，賣到中午，賣光為止。成功路的爌肉飯則賣給黃昏市場的攤商們，所以下午三點半才開始賣，約五點多就會賣光。」

我如數家珍的說著。

「嗯，工人的確需要這樣的食物，有碳水化合物，有蛋白質，還有讓肚子不容易餓的油脂。這個對於正在設計鐵板燒菜單的我很有價值。」小敏若有所思的說。

這件事一直被擱著，直到那個大雨的中午，被我們放進了清單中。

而正在施行這張清單的我，準備高規格的對待這件事，我打算從成功路的爌肉

飯吃起，晚上再吃魚市場爌肉飯，然後熬夜不睡，早上直奔老朱爌肉飯。翻出小敏的筆記本及工具書，我自製了一張評分比較表，上面列了幾項看起來重要的項目，包括了醬汁甜度、醬汁香氣、米飯軟硬度、肥肉瘦肉比、肉質軟硬度等。

不知道這是否專業，但已經是個重大的突破，對於我這個狼吞虎嚥男。

來到市場旁的成功路爌肉飯，我點了三碗。沒錯，是三碗。

這些老店的爌肉飯很貼心，為了照顧更多的客群，爌肉的種類可以選擇。

「你要瘦的？肥的？還是一半一半？」老板操著親切的臺語問。

「各來一碗。」

老闆的神情有些想笑，但我看得出來，他試著隱藏那發噱的神情，他心裡一定在想：「又是一個這樣的無聊客人。」

桌上擺了三碗飯，飯上各有一塊肥肉比例不同的爌肉。小小的瓷碗，盛著小丘陵般微微隆起的顆顆白玉，淋有醬汁的部份則像是一枚枚透著溫潤光澤的琥珀；黃色的蘿蔔乾像是一枚大大的金幣，斜斜的倚在碗緣；最頂上也最搶眼的當然就是那彎褐色白色相間的「虹玉」了，飽滿的圓弧巧奪天工。

我注視著這「聚寶盆」，想著該如何動筷時，隔壁桌的女生將椅子移到了我身旁。

她看了看我手中的清單，說：

「不對，醬汁這項應該寫成滷汁才對。還有，肉質不能只看軟硬度，還要試香氣。另外，要知道滷汁的特色，最好點他們的滷蛋，如果蛋是和肉同鍋滷煮的話。」她興奮的說個不停，還利用空檔時間，向老闆再點了一個滷蛋。

在那一瞬間，我看見了因研究美味食物而雀躍不已的小敏。

「我是個美食部落客，專寫傳統美食。」她起身將她原先桌上的食物端過來，俏皮的指了指掛在胸口的GF2照相機。

「原來如此。」我們開始有一句沒一句的聊著，我很享受這種感覺，小敏回來了的感覺。

「我看到表格上還有另外兩家。」邊說邊用筷子及湯匙分走了我桌上那塊「肥」爌肉的一半。

「嗯。」

「是哪兩家啊？可以帶我去嗎？」

「好是好，可是時間是個難題。」我告訴了她另外兩家店的營業時間。

「嗯，我從台北下來，能多吃到兩家就太值得了。」

「你跑那麼遠喔？」我打從心底生出佩服，這些愛食物的人真是太拼命了。

「那，你願意收留我嗎？」她指了指自己簡單的行李，一個小背包，一個相機袋。

「這個嘛……」我猶豫。

「我不是壞人啦，你應該也不是吧？會這樣嚐食物的都不是壞人。」她一語道破我心中的疑慮。

這樣年輕的女生忽然主動認識你，還要跟你回家，實在很可疑。不過她那句「會這樣嚐食物的都不是壞人」卻重重的撼動著我的理智，這和小敏總是用「吃食」來評論判斷他人的習慣像極了。

「好吧，反正目前有一個空房。」

「真的嗎？太好了。」

我帶她進小敏的房間時，她什麼也沒問，只是露出哀傷的神情，淡淡的。也許，她從我哀傷的神色裡讀出了些什麼。

她就像回到家裡一樣自在，翻翻小敏的料理書和筆記，在小敏的床上躺躺，從背包裡拿出筆記型電腦來更新她的部落格。

好像小敏又回來了。

但我的理智不斷告訴我，其實很多人的個性都會有雷同之處，有時我們總會從別人身上找思念的人的影子。就像我的工作，每帶領一個新的班級，總會發現班上就是有那麼幾號人物，他們很像上一個畢業班裡的某人。雖然並不長得一模一樣，卻有著相當程度的雷同，甚至會讓你懷疑他們說不定是之前教過學生的弟弟或妹妹，當然，詢問的結果大多得到否定的答案。

「哇，怎麼這麼多人。」晚上十點半，剛來到彰化魚市場旁，她驚呼出聲。

「是啊！看來營業的時間好像有提早。」

「而且，都是雙B的車款，來吃這個的都這麼有錢。」她指著路旁一排驕傲的、閃著刺眼駐車燈的高級房車。

「這些人，年輕時都是靠爌肉飯拼鬥過來的，生活改善，卻還是鍾愛這味道。」不知怎麼的，心中竟然昇起一股驕傲，對家鄉美食的驕傲，對家鄉人情不忘本的驕傲。

花大錢享用高級的料理固然是一種享受，但並不是人人的財力能及的，也不見得人人喜歡。

網路上關於超級跑車的新聞常為人津津樂道，尤其是國中的毛頭小子們，總是能不換氣的將車子的性能、馬力、扭力、乾重、溼重、引擎形式等一股腦的背出，更甚者喜歡和同好激辯，對自己心目中的理想跑車品頭論足一番。

而我，則喜歡欣賞房車。礙於市場需求，房車的價位必須為大眾所接受，所以，在有限的預算下，將預算發揮至極致，就會擁有另外一種美感，缺陷的美感。為了加大車內的空間，只好放棄了操控的靈活性；或者，為了傲人的油耗數據，只得減少防撞鋼樑的數量，放棄了安全性。

銅板美食也是如此，在有限的預算中，將食材及調味料做最划算的、聰明的利用，這些美味將會深植於你味覺記憶的深層，並時不時的探出手來，撩撥你的心思。

這次，我們還是點了三碗。不同的是，這次她搶著付錢。

「謝謝你幫忙我，這次請務必讓我付錢。」她笑著說。

這家店的評分好像比上一家的高了一點。

那蛋黃一戳即破的美味荷包蛋竟然是裝在塑膠袋裡運送到攤前的，一個粉紅色半透明的塑膠袋裡堆疊著上百個荷包蛋，更是令她大呼不可思議。

「怎麼能將那麼多吹彈可破的荷包蛋堆疊在一起，卻又不弄破它們，真是太壯觀了。」說完，她又拍了不少的照片。

剛從彰化回到台中的住處，她馬上又趴到筆電前更新她的部落格，那側臉真的像極了認真研究菜單的小敏啊！我一直待在客廳裡，捨不得回房，因為我想多看她幾眼。

「我可以借這些衣服嗎？」她的話拉回了我渺遠的思緒。

「可以啊，就送給你吧。」猶豫一下後，我回答。

猶豫，我考慮著是否該將小敏生前最愛的衣物留下？然後將其餘的全「處理」掉？可是，剛才那女孩問我的時候，我卻發現自己不知道小敏生前最愛的衣物是哪幾件！我啊，總是隨口讚她穿這好看、穿那好看，卻沒有用心聽過她說最喜歡的衣服是哪些。

「這樣啊，謝囉！」她似乎從我的神情中又多讀到了些什麼。

洗完澡後，她來到客廳陪我看著電視，應該是想盡一盡做為一名客人的義務。

電視上播著重播的足球比賽，我的心思卻全在穿著小敏衣服的她身上。她低著頭，努力回覆部落格上的留言。我問了她幾個經營部落格的問題，她抽出空檔一項一項回答，從中，我了解經營一個部落格的辛苦之處。

不只有很多繁瑣的事項需要處理，更常會遇到一些「黑粉」，上網留下不負責任的抨擊。人人飲食的口味不相同，但那些「黑粉」彷彿生活在網路陰暗處的吸血蚊子，不處處「叮」人一口，他們將無法汲取足夠的能量供自己活下去。

如果不是像她個性如此開朗的人，的確很難讓一個美食部落格如此順利的運作。

足球賽結束了，她也累倒在沙發上。我逾越了禮紀，盡可能小心的抱起了她，就像我以前抱小敏那樣，將她送回床上，然後輕輕的掩上門，就像從前那樣。

隔天一早，我們又從台中殺回彰化，來到了老朱爌肉飯，菜市場早已人聲鼎沸。

「哇，我又發現一塊新寶地，我以後應該早起多跑跑市場的。」

相同的，我們點了三碗爌肉飯，肥的，瘦的，一半一半的。

吃完，她依然搶著埋單。我送她到火車站後，她遞了一張名片給我，上面印著她的部落格網址、暱稱和一個手機號碼。

「下次來中部，我再找你好嗎？」她伸出了手。

「可以啊，沒有課的話我可以陪你。」我和她握手，感到有點不自在。我有和小敏握過手嗎？好像沒有，又好像有。我們常常牽手，但握手呢？感覺起來是很久遠的回憶了。

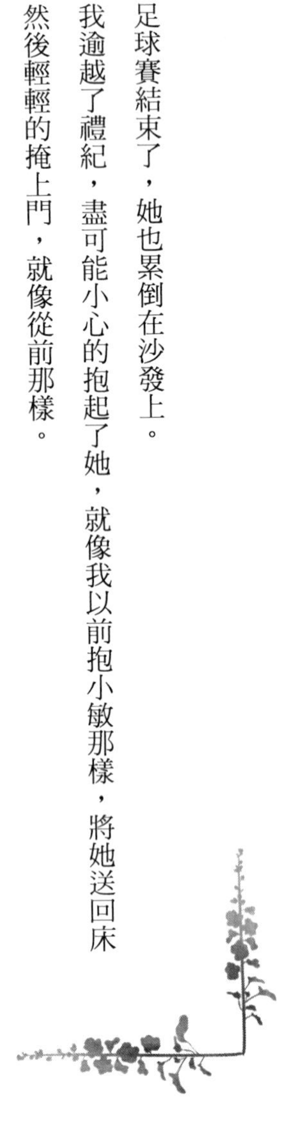

「嗯，那就下次見囉。有來台北的話也要找我喔。」揮手道別後，她轉身往月台走去。

將名片收進皮夾時，我發現名片的背面還有些字跡，仔細一看，是她的真名和另一組手機號碼。

這個意思是？特別留給我的嗎？

我想太多了嗎？男生總是想太多！說不定每張名片的後面都留有這些資訊！

我拿出清單，再刪除了一個項目。

無憾清單

~~1.車站過夜~~
~~2.高空彈跳~~
~~3.報復的假酒~~
~~4.整理照片~~
~~5.包下電影院看催淚的電影~~
~~6.泳衣夜跑~~
~~7.吃三大爌肉飯~~
8.搭熱氣球
9.偷吃別人的喜宴
10.變裝
11.吃小敏成為二廚後所設計的鐵板燒菜

第十六章　熱氣球

小敏懼高，但她很努力的想克服，像糖果一般繽紛多彩的熱氣球是原因之一。

「那是看起來最美味可口的交通工具之一了，我一定要搭一次。」

「香蕉船呢？」

「像是爛掉的香蕉，一點也不可口。」

不曉得這套標準背後的公式法則是什麼，我只直覺的知道，那公式一定十分的複雜。

暑假，台東鹿野高台一年一度的熱氣球節已經成為玩家們必遊的行程之一。七月六日，星期六，天氣晴，高溫炎熱。

我駕著新車，踏上了這段長達七小時的車程，這是第一次，我隻身開了這麼遠的路途。這也是第一次，我感受到什麼叫做行旅之苦。

常在古人文章中讀到客居他鄉、夜宿船舶的流浪之苦，今天我有了深刻的體會與同感。過去的日子中總是有小敏的相陪，這次，身邊忽然沒了人，那種熟悉卻又陌生的感覺悄悄的默坐在我身邊。

傍晚時分，我進了民宿，漂亮的設備與環境完全引不起我的興趣。以往下榻後，總會先拍拍照，散散步，如今，我拍誰呢？又拍給誰看呢？只有自己一人，晚餐從簡，在便利商店解決，回到住宿處時，發現才晚上七點多一些。以前和小敏出遊，總是埋怨她將行程排得太滿，現在我反倒懷念起那些滿滿的行程。

隔天，睡得頗晚，出門時已近中午，陽光曬人，這是夏天最令人難以親近的性格之一。

來到會場，我發現已有許多遊客。到登記台詢問搭乘熱氣球的方案時，小姐說：

「下午的兩百張票和候補的一百五十張票都已經賣光了喔！」

「真的嗎？」

「是的，你只好明天早點過來了。」

「謝謝。」雖然嘴上這麼說著，我心裡卻飆了不下十句的髒話。

我暗咒自己的粗心，怎麼就沒注意到購票的問題？這麼熱門的景點啊，怎會天真的以為票會如此容易取得？可能是因為以往出遊時，門票、住宿等細節都是由小敏負責的吧！

怎麼辦？就這樣放棄嗎？昨天晚上的孤獨難耐我可不想再經歷一次了。平時在家，在熟悉的環境裡，孤獨寂寞會被很多熟悉沖淡。一旦來到陌生的環境，寂寞就像水刑室裡漸漸升高的水位，慢慢的將我逼進窒息的氛圍裡。

「哈囉！」背後響起一道悅耳的女聲。

「嗯？」我轉身，直覺的發出了回應的聲音。

確認了對方要找的是我時，我連忙將手上的香菸彈熄。這是從朋友那學來的習慣動作，用拇指和中指夾住香菸，然後，食指猛的彈向菸頭，那點紅色的火星將如同流星一般的落向遠方，在室外沒有煙灰缸可以捻熄煙蒂時，這可是非常實用的。

「我聽售票台的小姐說，你好像沒有買到票。」

「是的，有什麼事嗎？」面對主動攀談的年輕女子，我的警戒心又不自覺的啟

動了。

高中時，幾次在街頭被漂亮又活潑的女孩攀談，最後往往從乾癟的錢包中掏出錢來買了愛心筆、愛心口香糖之類的東西。長大後知道那些錢大多不是被拿去做愛心時，胸中原本就已成份不多的愛心瞬間轉成了痛心。從那之後，這種警戒雷達總會不自覺的開啟。

「因為我其他三個朋友無法趕到，所以我得一個人搭乘，所以……」女子有點囁嚅的說。

因為她的窘迫，我的警戒雷達把功率降低了一大半。仔細一看，她低著頭，手緊握著背包的揹帶，眼神不安的望著地面，想必十分緊張吧！

「請問，呃……為什麼找我呢？」我指了指周圍其它也買不到票，只能對著熱氣球乾瞪眼的人。這個問題雖然蠢，但我認為這應該可以幫助我判斷她是否有惡意。

「售票台的小姐說，我和你，是今天一整個早上曾對她說過『謝謝』的兩個人，唯二的兩個。」她抬起頭來對著我說，嘴角終於有了一絲微笑。穿著鵝黃色長洋裝的她，留著一頭披肩的長髮。我不知道自己是否迷戀長髮？但在草原的微風輕拂下，我必須說，她的長髮真的很動人。

「什麼？這麼多人裡，只有我們兩個？」我一半作戲，一半是真的感到驚訝。

「現在覺得花錢是大爺的人越來越多了。」她說。我開始喜歡這個女孩了。

「認為花錢買了服務，就可以把平日受到別人頤指氣使的氣，通通出在服務人員的身上，這種變態的報復快感，我強烈的建議，解決這問題的辦法就是……」

「找對他們頤指氣使的人發洩。」她搶在我之前說了。

「對嘛，冤有頭債有主。要發洩找他們自己的老闆或上司發洩去。」

我們都笑了。我忽然想起，前幾天，我還將尿混進了竹葉青酒送給校長那件事。

「對了，票的錢要讓我出一半。」

「嗯，這個自然沒問題，只是……」女孩有些遲疑。

「嗯？」我的雷達又悄悄運轉起來。

「我……等一下如果表現的有點糟……請你見諒，因為……我懼高。」女孩花了好久才說完。

「唔，這個自然沒問題，我的女友也有懼高的問題。」我心中的雷達完全停止運作了，紅色的「安全」字樣在我的腦海裡閃爍。原來她是因為懼高，才非得找人陪她上去。

她的朋友是怎麼樣子的人呢？明知她懼高，還丟下她一人，讓她獨自乘熱氣球。她明明很緊張，還必須找陌生人陪她，想必十分渴望搭乘吧！女生都是如此嗎？這也是她死前必完成的無憾清單之一嗎？還是她想藉著這些美麗的大糖果來治療她懼高的問題呢？

吊籃離地時，微微的晃了一下，女孩緊握扶手的手握得更緊了。我瞥見她泛白的指節，她自己似乎也發現了，不好意思的鬆了鬆手，但旋即緊握。

一旁操作熱氣球的師傅似乎是個不多話的人，或者是，在忙碌與勞累的雙重壓迫下，自然「惜字如金」。不過，這似乎給了我們這「不擅與人攀談」和「懼高」的兩人組合有了更多的空間。

隨著地面越來越遠，女孩的指節泛白更甚，像是國畫的渲染技巧，那「慘白」由筆尖接觸的那點，貪婪的、張牙舞爪的向外吞噬健康的血色。

女孩注視著那遙不可及的地面，吊籃每次擺盪，都令她的身體為之一震。我想起了小敏，如果小敏來到這裡，也會是這副悲情的模樣吧！懼高，是一種什麼樣子的感覺呢？

「哇……」抬眼一望，雖然只是四十公尺的試乘高度，但地面的人及車也變得好小好小。

「哇……好美喔！」順著我指點的方向，她抬頭一望。

那裡，幾座山層層交疊，山色越來越淡，最後隱入了雲靄之中，有一種潑墨山水名筆現場揮毫的氣勢。

看著這個因眼前美景而忘懷懼高的美女，我不禁想著，如果小敏到這裡來，是否會因為眼前的美景而克服懼高的毛病？會的，一定會的，只是，我為何不早點帶她來呢？

她忘情的對著地面的人揮手，揮到吊籃都搖晃了起來，這下，反倒換我有些膽

怯了。幸好她背對著我，因為我臉上的表情一定十分複雜，複雜到就算我用盡全力也無法解釋。

我的胸口又痛了，好脹好悶，像是顆灌滿氣的氣球，呈現出一股難以自制的張力，彷彿輕輕一碰就會將那張已薄到極限的球皮給擦破一般。鼻子和眼眶依然酸澀難耐，可眼淚偏流不下來。

「此中有真意，欲辯已忘言。」她忽然冒出了這麼一句。

「什麼？」我並不是沒有聽清楚她說了什麼，而是驚訝。

她並沒有回答我，只是微笑。

每次我和小敏出遊，見到美麗的景色時，我總喜歡掉一下「書袋」，炫耀我的文學造詣，而這句話，是我常用來開頭的第一句話。

心中雖然矛盾，但我相信，小敏又來陪我了。

她緩緩的移動了身子，手肘輕輕的靠在我的手肘上，輕聲的對我說：

「謝謝。」

享受了熱氣球的體驗後，我載女孩回到台東市區的民宿。一路上，那久違的副駕駛座的陪伴又回來了，她有時翻翻我的音樂CD，有時跟著車內音樂的節奏打著拍子，甚至還脫了鞋，將雙腿收到了座椅上，盤腿坐著，這是小敏在車上覺得最放鬆的坐姿。

到了她的住宿處，我還想約她晚餐，然而電話鈴聲響起，是那三個因事而放她鴿子的朋友打來的。

她突然清醒似的客套了起來，對著我連聲道謝。我好像知道發生了什麼，卻又不知道發生了什麼。是小敏透過這個女孩來找我了？如果不是小敏，是我的太過主動讓這女孩起了戒心？抑或，我只是她無依時隨手一撈的浮木，現在她的「救生艇」來了，自然要撒手拋開浮木，登上救生艇，不是嗎？

再次獨自一人上路，陪著我的只有孤單與寂寞。我的「救生艇」已消失在蒼茫的海上，浮木呢？浮木大概是手上的這張「無憾清單」吧！

那麼，當清單完成時，我該怎麼辦呢？沉下去？隨波逐流？葬身魚龍腹中？

在國道休息站上，我拿出清單，將熱氣球劃除。

無憾清單

~~1.車站過夜~~
~~2.高空彈跳~~
~~3.報復的假酒~~
~~4.整理照片~~
~~5.包下電影院看催淚的電影~~
~~6.泳衣夜跑~~
~~7.吃三大爌肉飯~~
~~8.搭熱氣球~~
9.偷吃別人的喜宴
10.變裝
11.吃小敏成為二廚後所設計的鐵板燒菜

還剩下三項，也就是說，再見到小敏的機會，只剩下三次了嗎？

要省著點用嗎？還是，再加一些事到清單上？

不是和小敏一起定下的清單，會有效果嗎？

一路上，腦海裡蠕動著的全是這些啃咬著冷靜與囓食著理智的失控念頭。

第十七章　喜宴

站在婚宴會館前，我看著這個偌大的建築，氣派豪華。

建物正面是仿歐式城堡的外觀，滿足了多數新娘想當一回公主的願望，可是建築物的側面及背面那不搭調的淺綠色鐵皮，像是宣告著當這一回公主的時間並不會太長，所謂的公主也只有外表與裝扮，內在的本質則一丁點也沒有改變。

今天是星期日，看來是個適宜嫁娶的「好日子」，會場裡同時有三對新人在宴客。

其實，在工商繁忙的現今，只要假日就是「好日子」。沒有人希望婚宴那天門可羅雀，真正的黃道吉日，所有的會場早早就被十分在意擇日的人給提前搶走了。該結的婚總還是要結，大家只好將就將就，只要那天不忌嫁娶，就會被解讀成「好日子」。

該怎麼選呢？如何混進去才不會被發現呢？

這，都是小敏的餿主意。

「好想可以多吃幾場別人甜蜜蜜的喜宴。」書桌前的小敏嘟著嘴說。

「又在想菜單？」我指著桌上那疊有著多種食材塗鴉和色筆標註的筆記。

「是啊，要過主廚那關，實在不容易。」

「你們主廚那麼機車啊？」我開玩笑的說。

「才不是機車，他是嚴格。」小敏早就把這個愛護麾下、提攜後進的主廚當成父親來看，不只她，聽說小敏的同事裡，還有好些人下料理台後會直接喊他「爸」。

「何時可以吃到你設計的菜啊？」

「還早呢？這些都只是作業，讓我們更懂食材的特性，根本還上不了台面。」

「為什麼想吃喜宴呢？」我不解的問。

「主題是甜蜜、情侶、過節。」小敏竟然露出少見的靦覥微笑。

「最近又沒有朋友要結婚。」我做了簡短的結論。其實，應該是說，最近，朋友們都不結婚了。

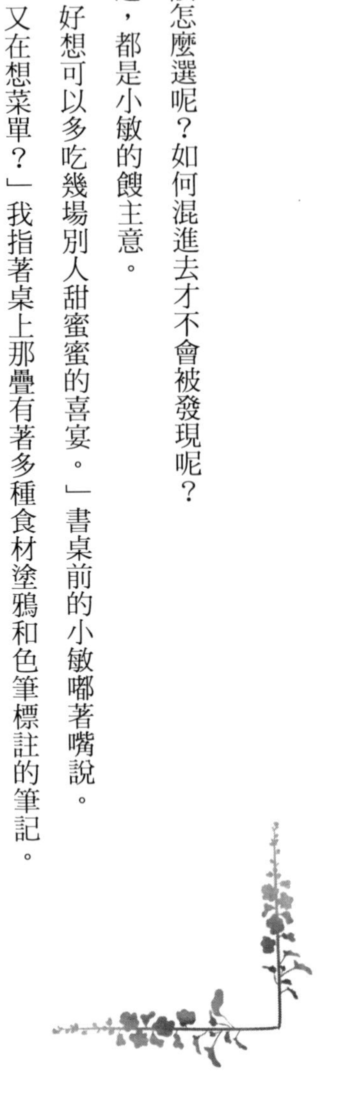

「我們挑個喜宴會館，找個桌數多一點的喜宴，混進去，好不好？反正每次婚宴時，大家還不是都搞不清楚誰是誰？」古靈精怪再次趕走靦覥。

「這樣不好吧？萬一被抓到的話就難看了。」我一邊翻著手上的雜誌，一邊說。

「不會啦，我們一樣包紅包，只要包的錢比桌錢多就行，這樣就算被抓到，我們也不算是白吃白喝。」

「這感覺起來很刺激。」我不把這當一回事。

「只要逢人就笑，新人的同學會以為我們是新人的親戚，新人的親戚會以為我們是新人的同學，新娘的同學會以為我們是新郎同學，新郎的親戚會以為我們是新娘的親戚。」這段看似繞口令的想法，在抽絲剝繭後，我發現它的確擁有極大的真實性。

結果，這個想法，就變成了那個大雨的午後，無憾清單中的其中一項。

我站在台中市知名的婚宴會館入口，看粉紅色立牌上公告的三組筵席。

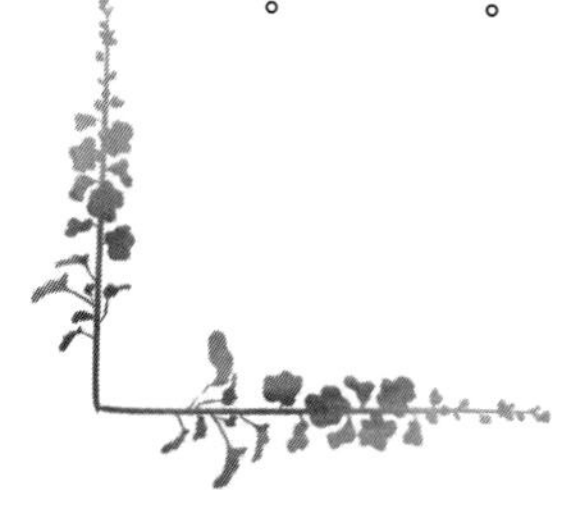

在三樓大廳的是「曾邱府」喜宴，「真邱」這個臺語諧音很有喜感。二樓的一個偏廳是「林黃府」歸寧，這個比較冒險，通常歸寧宴的桌數比較少，親友也比較偏女方的一邊，彼此也都熟識。最後是二樓的另一個偏廳「陳吳府」喜宴。

經過一小段時間「不縝密」的考量後，我選擇了三樓的「曾邱府」喜宴，我想，場地較大，桌數較多，應該會使風險降低一些。

宴會廳門口有座畫架，擺著新人的結婚照，一旁的小桌上擺了幾組小卡。我假意的隨手翻了一下，挑了一個人較少的時機，忐忑的走向收禮台。

「恭喜。」我從黑色手提公事包中拿出了一個紅包袋，上面寫著「秦晉之好」，這是我最喜歡的賀詞。

「秦」是指秦國，「晉」是指晉國。春秋時代晉國內亂，太子被殺，公子重耳被逼出走，經過多年流亡，最後得到秦穆公的收留，並把女兒嫁給她。重耳在秦穆公的支持下，終能重返晉國，奪得國君之位，是為晉文公，並成為當代霸主。晉文公與秦穆公之女的婚姻，遂被後世稱為「秦晉之好」，成為祝賀新人結婚的賀辭。

感覺上，所有的婚姻都是為了某些物質上的關係，無關愛情。這是我喜歡用這賀詞的原因，帶點戲謔的原因。

「謝謝，是男方親友還是女方親友？」收禮台的負責人看起來是個精明幹練的已婚女性。兩旁則分別坐著男方的收禮員及女方的收禮員。

「男方。」將紅包袋遞向舉手的那一方，我暗忖，裡面的三千元禮金，在我「失風被捕」時，應該可以發揮某種程度上的保護，至少我不是白吃白喝的。

下午六點二十分，再過十分鐘就是開桌的時間，但會場裡的人連一半都還不到。五十桌可真不是個小數目，看來這天我應該能安全過關了。

在會場裡逡巡了一會兒，我找了最保險的「男方同學桌」坐下，根據我以往的經驗，男方同學們最不會互相亂攀關係，應該是最不容易露餡的。

「這裡有人坐嗎？」一個穿著合身紫色長洋裝，大波浪褐髮的女性指著我身旁的兩個座位問。

「沒有。」來了，她是小敏嗎？

「謝謝。」坐下後，她開始操作著手機，想必在通知另外一人她找到了位子。

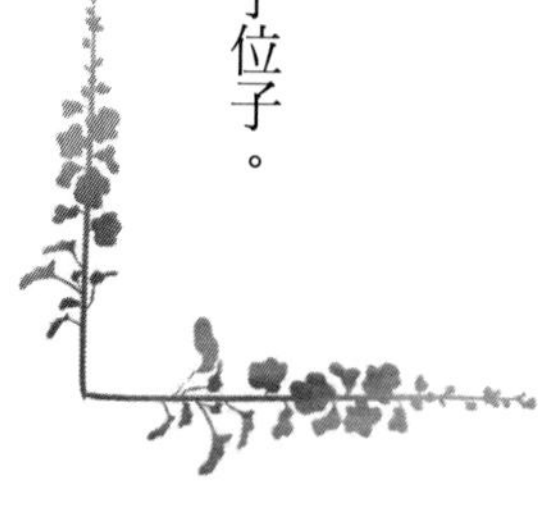

一股熟悉的味道襲來，順著我的鼻息，熟門熟路的竄進鼻腔。這種味道，可不是我夢寐以求的味道嗎？

小敏離開後，隨著時間一天一天的流失，房間裡小敏的味道也一天一天的消散。我翻找過小敏的化妝台，想找出那種香味的來源，結果徒勞無功。

我試了小敏的化妝水、乳液、防曬乳，幾天後又試了護唇膏、香膏和香水。又過了幾天，我突發奇想的試了小敏的洗髮精、沐浴乳。最後翻箱倒櫃完，我開始懷疑自己是不是忘記了小敏的味道。

就在我正要將自己放進「冷血殺手」這個資料夾存放時，我又發現了小敏的味道，從大波浪紫色洋裝女的身上。

那個味道有一點點嗆鼻，雖然她身上有其它的香氣，但那股熟悉的味道如同白鶴佇立於雞群之中，那高舉的頭頸不停的勾引著我的注意。我不住的注意著紫洋裝的一舉一動，她似乎也發現了。

「我啊，其實不是他們的同學。」好像發現我正偷偷打量著她，她故作神祕的低聲說。

「真的嗎？其實我也不認識新郎和新娘。」雖然壓低了音量，我的語調依然有著因恐懼而產生的亢奮。發現有人和我一樣混進會場，真是令我又驚又喜。為了完成這項突發奇想的清單項目，我做了自認為違逆常理的事，沒想到竟然有人和我一樣。

「咦？真的嗎？」她略顯驚訝，想必也和我有同樣的想法。

「嗯，我包了三千元，萬一被發現的話，應該可以少受點責難吧！」我略過了小敏的事沒說，只提了無憾清單一事。然後，我把自己隨機選了個喜宴，試圖偷溜進來的過程告訴了她。

「是喔！你……」她的話被打斷了，而在接下來的十分鐘裡，這半句硬生生被截斷的話令我惴惴不安。因為打斷她的人是一個會場的工作人員，他說：

「小姐，你是新娘的妹妹嗎？新娘請你到更衣室一趟。」

她點點頭，按了一下我的肩膀，請我幫她看管座位後，快速的離開了，留下一臉錯愕的我。

完了，死定了。這是我腦海中的第一個念頭。我怎麼會如此粗心呢？因為這是同學桌，她才會說她不是雙方的同學，可是，她也有可能是其中一方的親人啊。我怎麼會如此粗心啊？大概是因為我覺得小敏又該「出現」了，那股懷念的氣味讓我完全放鬆了戒心，我真該死。

現在，怎麼辦？這是我的第二個念頭。

她要我幫忙保留座位，是要揭發我嗎？不對啊，我已經說我準備了三千元的禮金，那應該不算少了吧？可是，不請自來的客人不就是該被歸類為不速之客嗎？

「嚇了一跳嗎？」她回到座位上。

「真……真是抱歉，我會馬上離開。」我的臉頰像火燒。

「不，你不要這麼想，今天我的伴來不了，你就陪我吃這一頓好嗎？」她比了個哀求的手勢，可愛的動作。

「喔，那就失禮了。」我想了一下後，忐忑的答應了。

我們有一句沒一句的聊著，聊這個會場，聊這場婚禮，我感覺得出來，她試圖讓我能更融入這個喜宴，不要太像一個局外人。喜宴開始後，燈光暗下，所有人目不轉睛的注視巨型投影牆上，新郎與新娘的成長記錄、相識過程，還有求婚的記錄照片，照片旁還不時秀著一些溫馨或者搞笑的精巧文字。他們是令人欽羡的一對，至少從剛才播放的記錄來看。

如果我和小敏步上禮堂，也能像這個樣子嗎？讓在座一半的人，不，至少讓在座三分之一的人認為我們是令人欽羨的一對嗎？我想，答案是否定的，大部分的賓客應該會覺得：「她怎麼會嫁給他啊？」

燈光再度亮起，開始上菜了。覺得最難的開頭已經挺過後，我忽然感到飢腸轆轆。紫洋裝則是意思性的夾了轉過面前的菜肴，也許是一小片豬肉，或是一小塊魚，或是兩片甜椒。她如果不是肚子不餓，那麼就是有心事。

「你這是？你是做餐飲的？」我指著不經意瞥見的傷痕，分佈在她手背及手腕內側油爆的傷痕。

「好眼力。」她苦笑。

「我的女友也是廚師，所以我知道廚師的辛苦，尤其是女廚師。」我也苦笑。

「所以，你很珍惜你的女友？」她的眼神露出了某些渴望。

「算是有，不過，最後沒有……」我有點語無倫次了。

「我是上海館子的廚師，男友總是嫌我工時太長，嫌我總在男人堆裡打滾，甚

至嫌我的身上滿是油煙味。」她悻悻的數落著她的男友，也等於數落了我。

「油煙味？」

「是啊，你沒注意過你女友身上的油煙味嗎？她是做什麼的？」

「鐵板燒。」

「那味道可更重了。今天啊，為了姐姐的婚禮，我提早下班，都洗了三次頭，兩次澡，身上還是有去不掉的油煙味。」她笑著說，但眼裡滿是哀傷的神情。

「真的嗎？那味道竟是油煙味。」我朝思暮想的小敏的味道竟然是油煙味。

我太不了解小敏了，我覺得自己連說愛她的資格都沒有。

我不想再這樣子過生活，對自己的生活麻木，對自己所愛的人一無所知，對自己的夢想一再妥協。

「新郎新娘敬酒。」這個宏亮的聲音將我從思緒中拉回。

「什麼時候換你啊？這是？」新郎指著我，向紫洋裝投以詢問。

「男朋友。」紫洋裝冒出的這句話像尾蠍子，滴溜滴溜的順著我的背脊往上爬，我冷汗直流，生怕隨時會被蠍尾一刺。

「你終於肯露面了，好不容易。」新娘臉露喜色，在自己大喜的這天，還見見到素未謀面的妹妹的情人，幸福洋溢臉龐。

「祝你幸福。」為了防止蠍尾的毒刺，我小心翼翼的回著話。

「謝謝你幫我。」紫洋裝在敬酒一行人遠走後，一邊夾菜，一邊對我說。她看來恢復了食慾。

他的男友勢必不喜歡她的工作，她為何要堅持呢？

小敏，你為什麼要堅持這麼辛苦的工作呢？因為興趣？還是有別的原因？成就感？為了名氣？為了當上主廚後豐厚的收入？

「看著吃的人的表情。」這是小敏，不，是紫洋裝給我的回答。

我呢？我有堅持嗎？每次到文會去，都像進到了避難所，一次又一次，我覺得自己像躲進了防空洞，這次是地下二樓，下次是地下三樓，越來越安全，卻也越來越龜縮。文會是不能再去的了，我的夢想是不是該重新被挖掘出土呢？讀完我的故事之後，讀者的表情應該也能鼓舞我，是嗎？

享受著小敏味道的陪伴，這餐飯很快的來到了甜點。

「甜點是美食之旅的終點。」這是小敏在享受大餐最末尾的甜點時，最喜歡掛在嘴邊的一句話。

清單上又被劃除了一個項目，這份清單，只剩下最後的兩個選項。我能再見到小敏的次數，也只剩下兩次。

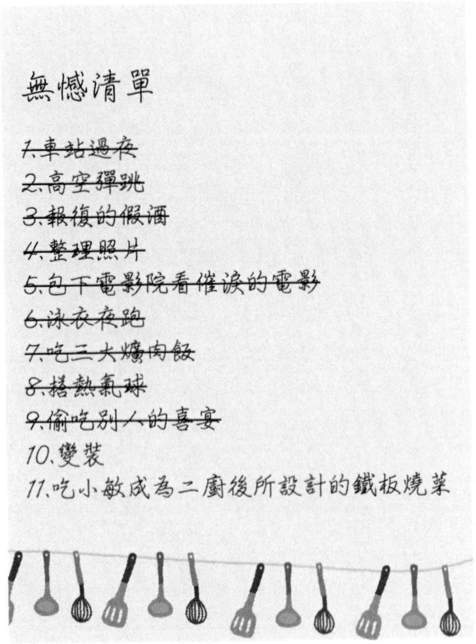

無憾清單

~~1.車站過夜~~
~~2.高空彈跳~~
~~3.報復的假酒~~
~~4.整理照片~~
~~5.包下電影院看催淚的電影~~
~~6.泳衣夜跑~~
~~7.吃三大爐肉飯~~
~~8.搭熱氣球~~
~~9.偷吃別人的喜宴~~
10.變裝
11.吃小敏成為二廚後所設計的鐵板燒菜

我的胸悶又犯了，鼻頭眉間又酸澀了，我從來沒有如此渴望哭泣、渴飲眼淚。這眼淚能抒發慚愧嗎？能排出心中害死小敏的自責嗎？能淨化我自我催眠而不知追夢的魔障嗎？

我希望自己能哭，現在的我，渴求改變。

小敏就算已經離世，卻還是在協助我改變，一點一滴的變得更好。

我介紹了小敏常用的除疤凝膠給紫洋裝，然後禮貌的送她上計程車，那股味道，在關上車門的那一剎那，像美式橄欖球比賽中的四分衛，被防守球員狠狠的擒抱阻截，此時，場上的球員全停下了奔跑與防守，場邊的觀眾們失望沮喪的坐回了座位上。

灌溉的水門被強行關閉，下游的農田在驕陽下田土焦裂、稻禾枯萎。

漫畫裡，常出現主角像個消氣的人偶一般，輕飄飄的、軟趴趴的，最後變成紙片人，沒底氣的跌落凹凸不平的柏油路面。我，就溺在那樣的狀態中，直到計程車像隻野貓踩著滴溜的碎步，消失在黑夜的小巷之中。

第十八章　變裝逛街

關於清單中的這項，一直是我所猶豫的。我到底是否真要執行？可是，在一項又一項的清單被完成的同時，我執行它的勇氣也漸漸增加。

每次執行清單，我都能越來越了解小敏，甚至能見到小敏，感受到小敏。

只剩下最後兩次了，我一定要執行。好想小敏，每個生活中的小細節，都牽引著我的思緒，連接這段估據一生最重要的情感。

東京遊旅時，我們「勇闖」偽娘咖啡店，看著店裡那些化身為嬌滴滴美人的真男人服務生們，小敏笑著說：

「如果你扮成女生，一定跟他們一樣美。」

從小，我就不是被歸為有「男人味」那類的男生，我瘦小的骨架、秀氣的五官

和因不愛運動而慘白的皮膚，讓我多次被誤認為女生。還有一次，在誠品書店內，我竟被一個嬉戲的小孩喊了：「阿姨借過。」

「我？」雖然裝出一副驚訝貌，但我其實是有一些惱怒的。

「別生氣嘛？我也常被笑男人婆，我陪你一起換裝。」小敏笑著開心的說，她陽光燦爛的笑容及銀鈴般的笑聲引來了鄰桌客人的注目。

「別……」我低聲的說，並以眼神示意小敏停止。

「我們還要手牽著手去逛街，人越多越好，對了，最好是到逢甲夜市去，那裡人最多，最危險的地方就是最安全的地方……」小敏自顧自的說了好久。

沒想到，那個大雨的午後，在美術館的古典玫瑰園一隅，這件事竟被她列入了清單之中。

而，現在的我，正等著「裝備」的到來。

我一直在猶豫，到底要變裝到什麼程度？是穿個寬鬆的衣物，上街逛一圈就回來？還是要真的像東京遊時，見到的那些嬌滴滴的大男人們一樣裝扮？

進到小敏房間，打開小敏的衣櫃，果然，如紫洋裝所說的，一股熟悉的、淡淡的味道飄來，那真的是油煙味，一股令我懷念的油煙味。我東翻西找，每件上衣、每條裙子，甚至是小敏的貼身內衣褲，都能勾起我滿滿的情緒。我緊握著送給小敏的一套寶藍色內衣褲，她收到禮物時的害臊模樣，還清楚的迴盪在眼前，我的臉頰，又像是當初在內衣店裡被女性店員投以異樣眼光時一般發燙著。

我不禁拿起那套內衣褲輕輕的摩娑著臉頰，不知道的人看到這副畫面，想必會以為我是個變態色情狂吧！

徒勞無功的我，決定先找「Google大神」幫忙。離開房間前，我下意識的關好了衣櫃的門後，我呆住了。一向放任櫃門敞開不關的我，竟然這樣無意識的關門，也許，我是下意識的希望小敏的味道可以留存久一點吧！

網上有許多人分享偽娘裝扮的細節，包括衣物的採買、化裝的技巧、儀態的調整，甚至還有人教說話的發聲技巧。看著看著，忽然覺得，也許我永遠無法喜歡上這樣的活動，但我對這些認真的人，這些認真投入自己喜愛事物的人，不懼他人目光，挑戰社會主流價值的人，生出了一些認同感、一些佩服。他們比我這個屢向現實妥協，總在夢想面前退縮的人好多了。

再次回到小敏房間，我挑了一件伸縮彈性較好的黑色短洋裝，在大腿附近有圈淺灰色的布料，是小敏很常穿的衣服之一。比小敏高十公分的我，穿著這件洋裝時竟然還算舒適，只是小敏穿時，裙襬的下緣在她的膝上，而我穿時，裙襬的下緣則縮到了大腿的一半。

我還試圖使用絲襪來遮掩自己的腿毛，沒想到花了我好久的時間，才將黑色透光的薄絲襪穿好。

結果和我想像的完全不同，腿毛們全糾結成團，東一團，西一團，像極了豚骨拉麵的乳黃色濃湯上，熱情的老闆豪氣的灑了大把的海苔絲一般，只是拉麵令人食指大動，而我的腿令人倒足胃口就是了。

我再換了一件更厚的絲襪，情況依然如此。那時，我毅然決然的下決定，要在隔天將腿毛全剃光。

我緊張的來到鏡子前看著鏡中的自己，這種異樣的感覺，好像看著別人，可那人的動作卻又和我的一模一樣，讓我錯亂了好一陣子。衣服雖然穿得下，但除了尚未刮除的腿毛，我寬大的肩膀也會讓人一眼就認出我的男兒身。

平常我總覺得我的身型太瘦弱、肩膀不夠寬，怎麼套上洋裝後，我的肩膀突然寬闊了起來？再次到網上搜尋後發現，有人建議使用長假髮來「修飾」這項缺點。

我又上了「什麼都買什麼都賣什麼都不奇怪的」的拍賣網，在打入了「偽娘」之後出現許多選項，我發現假髮比我想像中的便宜許多，三百五十元到四百五十元就可以買到看起來很不錯的女性假髮，從清純到性感到知性，從黑色到栗色到紅色，一應俱全。

幾番比較下，我挑了一頂樣式最接近小敏髮式的假髮，髮色也是深棕色。我說服自己，要扮就要扮好，要是逛街的途中被識破了，我不丟臉死才怪。收到假髮的那天，我興奮的打扮起自己，因為，我又可以「見」到小敏了。

雖然我剃光了腿毛後的一個星期，才無意間從電視上得知有「內搭褲」這種衣物，這「相見恨晚」可真是讓我著著實實的搥胸頓足了好久。

七月十四日，星期日，傍晚，暑氣依然逼人。

出門前，我看著鏡中的自己，黑色短洋裝，透光的黑色絲襪，腳上套著小敏故意買了較大尺寸的紫色雨鞋靴，頭頂著深棕色的假髮，前額覆著齊眉的瀏海，雙肩披著打了完美層次、髮尾微向內捲的長髮，背著一個黑色的小背包，背包上掛著一個沒有實質用途的大大金色鎖頭。

我甚至還簡單的上了粉底和口紅，顏色很鮮艷的口紅。我希望這些引人注目的打扮，可以吸引別人的目光，讓人們不注意到我的本身，只注意到我的裝扮。

街上那許許多多打扮入時的女孩們，她們忽略自己本身的美，只追尋著電視節目的介紹或網路上的達人分析，然後，用這些外在的化妝或服飾來吸引別人。雖然引來別人的注目，但也把原本將會投向女孩真實特質的視線吸引到了這些裝扮及衣物上。

然而，這對那些打扮失敗的女孩說不定反而是幸運的！妝扮及穿著如果失敗，運氣差的話，只是得不到眾人的目光，運氣好的話，將會得到欣賞她真實特質的男人的青睞。

而我呢？我一旦失敗，被人識破了男扮女裝，只會被認為是個心理有問題的人，一定會遭遇異樣的責備眼光吧？

一下車，停車場的老伯向我走來，示意今天是星期天，原本五十元的停車費提高為一百元。我試圖從背包裡找出零錢來，怎奈顫抖的雙手不聽使喚，甚至將兩個銅板掉到了地上。

我差點就驚呼出聲，幸好我反應快給忍住了，不然我的聲音將會曝露我的真實性別。

「啊，沒關係，我來撿就好。」老伯蹲下身，幫我撿拾那兩個硬幣。

利用這個空檔，我緩了一口氣，終於成功的減輕了雙手顫抖的程度，拿出了一張紅色的百元鈔票，不過就在我鬆了一口氣的同時，令我倒抽一口氣的事情發生了。

我發現，幫我撿完硬幣正緩緩起身的老伯，竟趁著這個機會死命的盯著我的大腿看，一股難以言喻的噁心感從我的胃底翻起，遞完鈔票後，我迅速的轉身，快速的大步離去。

那股噁心感，是因為他是男性，我也是男性，而他卻用情色的眼光盯著我看？還是男生用吃冰淇淋的眼神盯著女生看時，女生就會產生這種噁心感？

如果是後者，那麼我平時盯著別的女生看時，她們的心裡也感到噁心反胃囉？不敢再想下去，我只是暗自發下毒誓，以後別再用這種吃冰淇淋的眼神盯著別的女性。

走進了夜市，並沒有想像中的那麼可怕。因為擔心被別人識破我男扮女裝，所以我不自覺的把全副心力都放在別人的目光上，這才發現，有些人的目光集中在手機上，有些集中在攤販的招牌上，有些集中在攤商陳列的商品上，有些則集中在同伴身上，大家各自忙著各自的事情，在這裡，人雖然如沙丁魚般的擁擠，可也因擠在魚群之中，所以反倒是最好的藏身之處。大家自顧自的搶著食物，在「生存」面前，所有人都必須低首斂眉，誰也沒空多看誰一眼。

除了幾個趁著女友不注意，多看了身旁美女的男性之外。我以前也是他們之中的一員，卻從來沒想過，有一天，我會成為被他們偷瞄的對象。我很想笑，不知怎麼的，就是很想笑，笑他們嗎？我覺得好像是在笑自己的成份居多。

逛了一圈，時間接近十點，因變裝而情緒緊繃的我，應該早早回家才是，可是我卻非常渴望到小酒吧去，那個我和小敏初次約會，她就帶我光顧的小酒吧「蔚藍海岸」！

「這是家好店，知道的人不多喔！」

的確，隱身在小巷弄裡，知道的人不多，但知道的人都是好人，我和小敏多次來這家小酒吧，這裡的人大多親切健談。

就像總是默默守護大家的人，這人雖然不常呼朋招友，但身旁卻總有著剪切不斷的友情之絲。

踏進酒吧，我的眼神自然瞥向我和小敏常選的位置，那是店內最角落的位置。昏黃的燈光正好可以替我掩飾。試圖令自己放鬆，我舉手向吧台示意，要了一杯波本可樂。

可樂的甜有效的壓制了威士忌的苦澀，而威士忌的香氣則補足了可樂的單調。嚐了一口，齒頰生香，我漸漸的放鬆下來，就像玻璃杯外壁上凝結的水氣，漸漸由小水珠凝聚成中水珠，再聯手成為大水珠，然後滑落到桌面上。我舒服且慵懶的滑落沙發，試圖找出一個最怡人的姿勢。

啜飲著手中深琥珀色的飲料，我放鬆的看著店裡，這裡有許多我和小敏的回憶。該是回家的時候，可我不想動身，因為，今天我還沒有「見」到小敏。

看著一對情侶結完帳後，將酒寄到了櫃台，老闆將餘下的半瓶酒隨興的擱在身後酒櫃一角，一個念頭踉蹌的撞入了我的腦海。

「小敏好像曾在這寄了一瓶酒。」

回憶漸漸的清晰起來，那是一瓶噶瑪蘭威士忌。

那次是我所任教的學校的自強活動，老師們可攜伴參加，多數的同仁都帶了妻子與小孩，不想落單的我央求小敏告假，陪我一同前往。

最後一站，是宜蘭縣的金車威士忌酒廠，小敏在那買了一瓶獲得世界大獎的威士忌，結完帳後，她告訴我：

「你的作品得到青睞時，我們再開這瓶酒來喝吧！先把這瓶酒寄到蔚藍海岸去。」

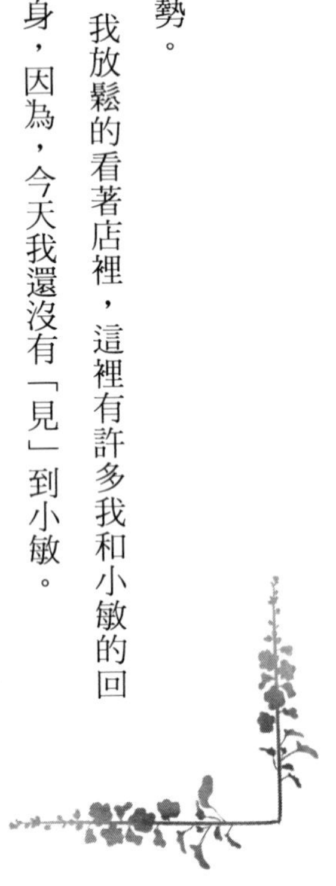

我從小敏的背包中拿出了我的皮包，再從皮包深處挖掘出埋藏已久的酒單，酒單上的寄件日期是兩年前，看起來離現在不遠，可是，我卻覺得那是現在的我即使伸長心靈手臂也遙不可觸的一段歲月。

吧台前，我遞出了酒單，老闆轉身找酒。將酒遞上來給我時，老闆的表情滿是疑惑，他是否記得寄酒的客人呢？他皺眉是因為發現我是男扮女裝？或是他根本沒有認出我來，只是以為我們將酒送給了別人？還是，他只是單純的認為一個女子獨自喝這一大瓶的威士忌酒不太好？

我避開老闆的眼光，拿了酒盒及酒杯，故作鎮定的回到了座位上。

酒的外盒只有少許灰塵，看來老闆有定期的擦拭。

將有著燙金字體的深紫色酒盒橫放，我用三根手指將酒瓶抽了出來。此時，一張紙片飄然落下，那是張粉紅色的便利貼，微捲的紙角和數道因擠壓而產生的皺折，在昏黃的燈光下呈現著一種歷時久遠的滄桑感。

拾起紙片，上面的方正字體令我鼻酸。

「親愛的，恭喜你終於向夢想踏出了第一步，獲得了某個獎項。但，我要你知

道，我喜歡的是你的個性與才華，而不是你的成就。」

那瓶酒並沒有被打開。將紙條與酒瓶放回紙盒中，我暗自決定，要在拿了獎項之後，才能來品嚐那瓶酒。

一回到家，扯掉令我脖子及肩膀發癢的假髮，脫下絲襪及緊身洋裝，我倒在小敏的床上，艱難的呼吸著。

胸中原本滿漲的情緒突然變得空蕩蕩的，乾渴的淚腺依然沒有私毫春汛來臨的跡象。

但是，可以確定的是，我是真正愛著小敏的，在她死後兩個月，終於確定了。

好諷刺。

無憾清單

~~1.車站過夜~~
~~2.高空彈跳~~
~~3.報復的假酒~~
~~4.整理照片~~
~~5.包下電影院看催淚的電影~~
~~6.泳衣夜跑~~
~~7.吃三大爌肉飯~~
~~8.搭熱氣球~~
~~9.偷吃別人的喜宴~~
~~10.變裝~~
11.吃小敏成為二廚後所設計的鐵板燒菜

第十九章　未完成的料理

「先生幾位呢？」小敏的同事專業且禮貌的詢問。

「兩位。」

「要等人到了再點還是先點呢？」

「等一下好了，謝謝。」我翻開菜單。

「好的，我等一下再過來。」男務服生離開了。

「抱歉，幫您倒個水。」女服務生擺上杯子，並用鋼壺注水。她就沒那麼專業了，她頻頻分神注視我，並且眼眶泛紅。

我有時會來接小敏下班，尤其是下雨天，下雨天騎機車是一種折磨。多次的員工聚會及出遊，小敏的同事們和我還算熟，所以我一進店裡，他們就已經認出我來了。

星期二，晚上八點鐘，晚餐時間已過，店裡依然有超過一半的上座率，我記得

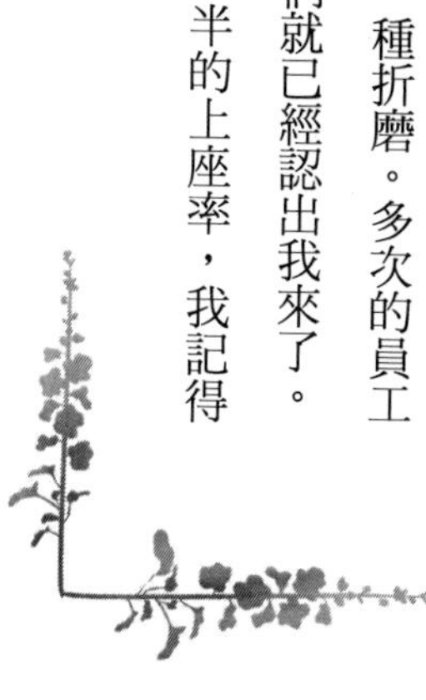

小敏總說「星期二會輕鬆點」。

我刻意挑這個人少的時候，是因為我想跟主廚談談，小敏習作了那麼多道的料理，會不會有某一道被店裡採用，改良後成為店裡的菜單？小敏說過，當一個廚師所設計的菜被店裡採用變為正式菜單，就證明那位廚師已經可以獨當一面了。

「當我的菜單被正式採用時，你一定要來當我的第一個客人。」小敏總是在苦思菜單有成後這樣對我說。

如果小敏的菜被採用了，她一定會興高采烈的與我分享。也就是說，小敏到目前為止所設計的菜並未獲得主廚的賞識。但，我還是抱著一絲絲希望，希望能碰碰運氣，說不定可以在漫無邊際的虛空之中撈到點游絲。

正當我還在猶豫是否要和主廚談談，或是詢問小敏的同事時，主廚在我對面的位子坐了下來。

「嗯，還會有人來嗎？」主廚壯碩的身材裡潛藏著一顆充滿愛與包容的心。

「我希望她會來。」我的回答很不合理，可是主廚竟然輕輕的點點頭，一副他也非常認同的模樣。

小敏視之如父的主廚，此刻正坐在我的對面，以關愛的神情撫觸著我的臉面，我有點想逃開，卻又不知該別過頭去還是伸手把那眼神撥掉。

「我們正想找你。」過了一會兒，主廚忽然說。

「找我？」為什麼呢？

「我們在小敏嘗試設計的菜單中，挑出了完成度較高的幾項準備推出，以季節限定的方式販賣一個月。」

「真的嗎？什麼時候開始？」我有些激動。

「你待會兒試吃了之後。沒有問題的話，就從明天開始。」

「謝謝，謝謝你一直以來這麼照顧小敏。」

「不用謝我，她就像是我的女兒，比我的親生女兒還親近，又肯吃苦下功夫，我不對她好，那我要對誰好？」主廚對我露出一個幸福的微笑。

「你……怎麼能調適的這麼好？關於……小敏的離去。」既然情同女兒，對於女兒的逝去，怎能如此的豁達呢？

「梵谷年輕時當過牧師，這個你知道嗎？」

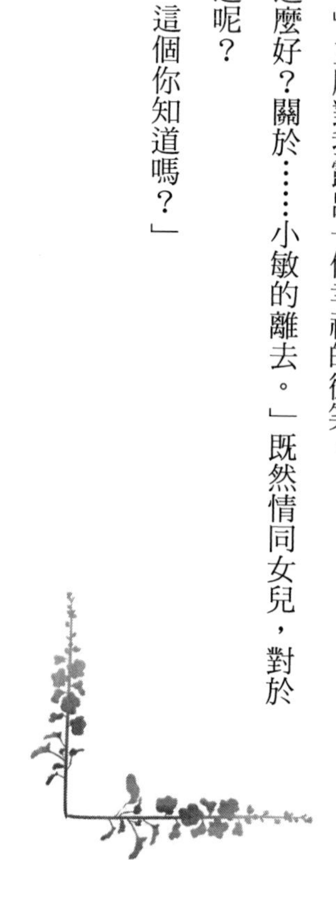

「嗯！」梵谷是我和小敏共同喜歡的藝術家之一。

「有回，他陪著礦工進入採煤的坑道，一起下礦井。大家進入電梯，關上電梯門，按下掣動按鈕後，電梯發出轟然巨響，並伴隨著左右的晃動。梵谷感到十分的恐懼，然而他看到礦工們全都不為所動。在礦井的底部，走出電梯時，梵谷問了其中一名老礦工：

『你們是否已經習慣了，不再感到恐懼？』

『不，我們永遠不習慣，永遠感到恐懼，我們只是學會了克制。』這位搭了數十年礦坑電梯的老礦工說。」說完這個小故事，主廚露出一絲悲傷的神情。

「學會了克制嗎……」藉著反問自己，我咀嚼著這段話。

「摯愛過世，我又如何會習慣？我只是學會克制。」主廚起身離去，留下我一人獨自的咀嚼老礦工的話語。

那個不專業的女服務生再度走上前來，在我對面的座位，準備了另外的一杯水。在我點頭表示感激後，她將手上那一疊厚厚的資料放到了我的桌面上。

「這是小敏所繳上的作業，主廚希望能交給你，最上面這幾張是這次的季節限定菜單。」

看著小敏密密麻麻的手稿，我突然有股熟悉的感覺。多少次，小敏挨在我的身旁，不論我是看著球賽、讀著書或是打著電玩，她會時不時向我提問，而我總是有一句沒一句的回答著。

「你覺得哈蜜瓜加上火腿真的好吃嗎？」

「如果醬汁這麼少的話，會不會覺得這塊牛排看起來變大塊了？」

「我覺得外表有點焦會增加口感，但那是在肉汁都還被保留著的狀態下，你覺得呢？還是你覺得這樣的香氣會比較重？」

「嗯。」「喔。」「對啊。」是我最常回覆她的話。

現在，就算我想好好的與她討論，也不可得了。

不久，端了第一道菜來的女服務生告訴我，這個套餐的名字叫作「無憾」。

「無憾，是無憾清單的那個『無憾』嗎？」我疑惑的低語著。

「這是前菜，露宿。」女服務生留下一臉呆然的我離開了。

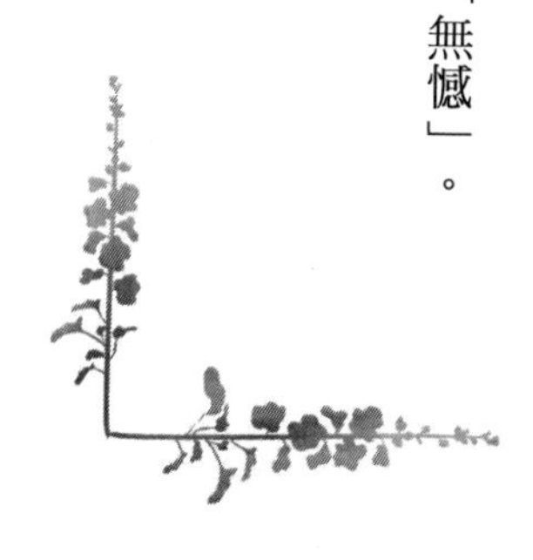

我仔細一看，在被切成條狀的鴨胸肉上覆上一張薄薄的春捲皮，春捲皮被輕輕刷上橫條紋的紅酒醋，看起來還真像個露宿街頭，蓋著報紙的流浪漢。

我頑皮的先掀開「報紙」，看著赤裸的鴨胸肉，就像看見那天坐在車站前的我。鹹甜的肉汁混合著紅酒醋去膩的效果，味道十分搭配。

「這是主菜，變裝。」

在兩塊約莫名片大小的厚切牛肉上，捲上了紅色的培根，鐵板炙燒的香氣誘人。而盤子的另一頭則是手掌大的豬排，上面覆上了黃色的起司片，經過鐵板的炙燒後，起司融化包覆著整片豬排。

乍看之下，牛肉不像牛肉，豬排不像豬排，雖然外表被另一種食材覆蓋住了，卻更能引發出牛肉及豬肉的原味。

「這是甜點，叫熱氣球。」

盤子中有三個熱氣球。

其中一個較小，應是在遠方的熱氣球，球體是綠色的馬卡龍，下面則用巧克力畫上熱氣球的纜線，還有用威化餅鋪排成的竹籃；另一個熱氣球則是一球大大的冰淇淋，混合著各種口味，有金黃的芒果、深棕的咖啡、綠色的薄荷、紫色的葡萄、白色的香草，好不繽紛；最後一個方型的熱氣球，則是用重磅蛋糕做為氣球的主體，上面綴以醃漬櫻桃。盤子上，靠近我的這邊另外澆上了綠色薄荷醬，讓我彷彿看到這些七彩的熱氣球從草原上緩緩昇空，載著我和小敏。

「這是飲料，冰的是『高空彈跳』，熱的是『非醇酒』。」服務生一口氣端上兩杯飲料。

這杯「高空彈跳」，曲線的高腳杯杯緣，綴飾著一片檸檬，檸檬片的一端泡在啤酒加雪碧的混合飲料中，啤酒加雪碧在地中海料理餐廳很常見。只見氣泡不停的從杯底往上竄，頭被浸在飲料中的檸檬片還真像極了挑戰高空彈跳時的我，於是，我手指一推，也讓那片檸檬嚐嚐我當初跌落水底的滋味，痛快。

至於「不純的酒」，輕啜一口後，我發現這是在香醇的紅茶裡，加入了少量比例的白蘭地，紅茶的清香讓白蘭地的酒香及果香更加的明顯，口感也更顯複雜，苦澀交錯，回甘卻又在苦澀之間不時的冒出頭來。這滋味非常美妙，令我聯想起那天，我帶著摻了尿的酒，走進了校長室。

這些餐點和我最近發生過的事如此的接近，讓我更加相信小敏一定還陪在我的身邊。

而更令我驚訝的是，原來小敏的菜已經做得這麼好，主廚果然如她所說的「十分嚴格」。這也難怪，她總是這麼的努力，努力朝自己的目標前進。

不過，這餐下來，我總覺得少了點什麼？沒有一種平時吃完大餐後的滿足感。是因為小敏的餐點不夠完整嗎？主廚認定餐點還不足以搬上臺面是這個原因嗎？還是，因為身旁缺少小敏的陪伴呢？雖然我覺得小敏很有可能就在某個地方看著我，說不定就坐在我身前的椅子上。

「怎麼樣？小敏的餐點還可以嗎？」主廚來到我的桌前，伸手握了握我的手繼續說：「這些都是小敏……嗯……，是小敏最近整理出來的作品，整理她舊有的食譜，然後做了一些改進，這好像是從一張特別的清單上變化出來的，餐點的完成度很高。」

主廚那不自然的停頓，應是刻意的避開「死前」這兩個字，改成用「最近」這兩個字代替吧！

料理臺上的師傅們，一邊輕揮著炒鐽，發出和鐵板碰撞摩擦出的鏗鏗鏘鏘聲音，一邊不時的抬著頭注意著我們。服務生也都緩下手邊的工作，頻頻轉頭看著這裡情況的發展。

「太好了！」胸中千頭萬緒的我，只能點點頭。

「太好了！」胸中千頭萬緒的主廚，也只點點頭。

起先，我伸手想意思性的抱抱主廚，他是和小敏最親近的人吧！想著他照顧提攜小敏的事，不知怎麼的，我竟然越抱越重，到最後已是用盡全力的抱緊主廚，大概是想連小敏的份也一起擁抱吧！

主廚也用力的回抱了我，良久，我才能從嘴裡擠出一句「謝謝」。

謝謝你這麼照顧小敏。

第二十章　送神

來到餐廳所在的大樓外，我踱步到中港路上——這裡已改名為臺灣大道。什麼時候改名的？我不知道，但這裡依舊車水馬龍，在改名的那一天，這裡應該一點變化也沒有吧！車依然呼嘯，人依然疾行，世界依然轉動。

我在路旁，佇立了許久，我意識到了些什麼，我從背包裡拿出了無憾清單。打開了皺皺的紙張，它就像是我現在的心情，撫不平的皺褶，理不清的曲折。

無憾清單

~~1.車站過夜~~
~~2.高空彈跳~~
~~3.報復的假酒~~
~~4.整理照片~~
~~5.包下電影院看催淚的電影~~
~~6.泳衣夜跑~~
~~7.吃三大爌肉飯~~
~~8.搭熱氣球~~
~~9.偷吃別人的喜宴~~
~~10.變裝~~
~~11.吃小敏成為二廚後所設計的鐵板燒菜~~

用筆畫掉了清單上最後一項，我分不清是手的顫抖傳到紙上，抑或是風吹紙張的顫抖傳到了我的手上。

忽然一陣疾風，手中的清單硬生生的被捲走。我想撿回來，但一點機會也沒有。紙張一脫離我的手，隨即呈現不自然的上揚，一圈又一圈的向上翻飛，一圈順

時針，一圈逆時針，像個雙槓選手，每翻一圈就向上攀升一點。

是小敏嗎？帶著清單、帶著滿足，和緩的、平靜的往天上飛去。

我試著擠出微笑，在因不捨與難過而僵硬的臉龐上。希望她能一併將我的微笑帶走，當作飛向天堂的燃料。

我從來沒見過紙張在天上如此無拘無束的高飛，飛得如此自在迷人。

一對情侶路過，女生好奇的望向我抬頭凝視的方向，驚訝的扯了扯男伴的手臂，兩人低聲的交談幾句，經過我身旁時，我還聽見男生說：

「你很無聊吔，那又沒什麼。」

我很想告訴他，在還「擁有」的時候，在愛人依然陪在你身邊的時候，你當然會覺得無聊。

現在，小敏的任何一句話語，哪怕是羞辱我的話語，我都想聽見。

我忽然想起了一首歌，且不自覺的哼了起來，那是小敏常常掛在嘴邊哼哼唱唱的：

好後悔　好傷心　想重來　行不行
再一次　我就不會走向這樣的結局
好後悔　好傷心　誰把我　放回去
我願意　付出所有來換一個時光機

對不起　獨自迴盪在空氣　沒人聽
最後又是孤單　到天明

真的痛　總是來的很輕盈　沒聲音
從背後　慢慢緩緩抱著我　就像你
你和我　還有很多的地方　還沒去
為何留我荒唐的坐在這裡

這首歌成了我的「禮魂」，我輕輕唱著，伴著一點點啜泣聲、一點點沙啞、一點點破音。

千古抒情大家屈原，傳世不朽的名著「九歌」中，最後一篇就是「禮魂」。相傳九歌這一系列的祭神曲共有十一首，有一派學者認為，第一曲的「東皇太一」是迎神曲，而最後一曲的「禮魂」則是送神曲。

「禮魂」是通用於前面祭祀各神之後的送神曲，由於所送的神中有天地神也有人鬼，所以不稱禮「神」而稱禮「魂」。

這曲子，在我看來還真有異曲同工之妙，我的歌聲雖然很糟，但歌詞可是百分之一百的切中我內心最深處的懇求。

突然，眼眶裡有種熱熱黏黏的東西，隨著我眼皮的輕掃，倏然溢出。它滑下臉龐，犁開久已未經墾植的荒土，臉頰有些刺刺、有些痛痛的。在流經上唇往下唇前進時，一絲絲的苦澀滲進了舌尖，擴散至味蕾，爬向喉頭，我使勁的吞了幾下口水，試圖沖淡那逼人的酸楚。最後，在下巴無力苦撐的淚滴們，只能撒手，無聲無息的跌落地面，再如何掙扎也逃不過步道上紅磚的吞食。

我哭了，那被我認為早已失去正常機能的淚腺，現在正無法抑遏的全力運作著。也許是傷心，也許是解脫，但，我更願意去相信，是因為我再也見不到小敏了。

努力完成清單的這兩個月裡，我得到了很多全新的人生體驗，開創了人生的新里程碑。一路走來，我所以為的小敏，真的是小敏嗎？她真的還在我身旁，陪著我過這些日子嗎？

「小敏，走好，我也會。」

小敏已下葬兩個月了，但這兩個月裡，小敏依舊陪我做了許多事，許多我們早就該做卻一直沒有去做的事。

現在，清單完成了，小敏也離開了，我以後能再見到她嗎？我好想再見到她，哪怕只能在夢中。

透過我眼中模糊的淚光，我見到了小敏，她就站在我的面前，靜靜的看著我，表情像是在微笑。她竟然真的像電影或是電視劇裡面演的那樣，全身散發出微微的溫暖的光亮，而且身體呈現出半透明的狀態。

我想就這麼一直哭下去，這樣，我就能一直看著小敏吧？可淚水終究會流乾的，那時我該怎麼辦？

或是，在我淚水流乾時，我的心就不會再那麼痛了？抑或是心就已痛到麻痺了？或者我能夠得到免疫了？或者我能像老礦工一般學會克制，克制心痛。

我下定決心，要重拾夢想，繼續當一個說故事的人。

從身邊的故事說起吧，人們最想聽的還是貼近人的故事，貼近活生生的眾人的故事。那些與自己生活有巨大反差的故事，能讓人增加生活的廣度與智慧；與自己生活相關相似的故事，能引起讀者的共鳴與效法。故事的內容是美好的、難過的、不堪的、鼓舞人心的……

我決定將這個與小敏的故事寫出來，盡量不經刪減與修改，讓這段令我刻骨銘心的戀情，用它的原貌去打動你們，好讓你們知道，在失去之前就要懂得珍惜，珍惜身邊那些「得之容易」的幸福，因為，那些幸福可能是某些人再如何努力也追不回來的。

這個故事，僅獻給——

美麗動人的雨

堅強乖巧的媛

要愛情02　PG1288

要有光
FIAT LUX

妳留下的十一個約定

作　　者　曾依達
責任編輯　陳思佑
圖文排版　周妤靜
封面設計　王嵩賀

出版策劃　要有光
製作發行　秀威資訊科技股份有限公司
114 台北市內湖區瑞光路76巷65號1樓
電話：+886-2-2796-3638　傳真：+886-2-2796-1377
服務信箱：service@showwe.com.tw
http://www.showwe.com.tw
郵政劃撥　19563868　戶名：秀威資訊科技股份有限公司
展售門市　國家書店【松江門市】
104 台北市中山區松江路209號1樓
電話：+886-2-2518-0207　傳真：+886-2-2518-0778
網路訂購　秀威網路書店：http://www.bodbooks.com.tw
國家網路書店：http://www.govbooks.com.tw
法律顧問　毛國樑　律師
總 經 銷　易可數位行銷股份有限公司
地址：231新北市新店區寶橋路235巷6弄3號5樓
電話：+886-2-8911-0825　傳真：+886-2-8911-0801
e-mail：book-info@ecorebooks.com
易可部落格：http://ecorebooks.pixnet.net/blog

出版日期　2015年4月　BOD一版
定　　價　250元

Printed in Taiwan

國家圖書館出版品預行編目

妳留下的十一個約定 / 曾依達著. -- 一版. -- 臺北市：
要有光, 2015.04
面； 公分. -- (要愛情 ; 2)
BOD版
ISBN 978-986-91655-1-8 (平裝)

857.7 104004029

讀者回函卡

感謝您購買本書，為提升服務品質，請填妥以下資料，將讀者回函卡直接寄回或傳真本公司，收到您的寶貴意見後，我們會收藏記錄及檢討，謝謝！如您需要了解本公司最新出版書目、購書優惠或企劃活動，歡迎您上網查詢或下載相關資料：http:// www.showwe.com.tw

您購買的書名：____________________

出生日期：______年______月______日

學歷：□高中（含）以下　□大專　□研究所（含）以上

職業：□製造業　□金融業　□資訊業　□軍警　□傳播業　□自由業

□服務業　□公務員　□教職　□學生　□家管　□其它____

購書地點：□網路書店　□實體書店　□書展　□郵購　□贈閱　□其他

您從何得知本書的消息？

□網路書店　□實體書店　□網路搜尋　□電子報　□書訊　□雜誌

□傳播媒體　□親友推薦　□網站推薦　□部落格　□其他______

您對本書的評價：（請填代號　1.非常滿意　2.滿意　3.尚可　4.再改進）

封面設計____　版面編排____　內容____　文／譯筆____　價格____

讀完書後您覺得：

□很有收穫　□有收穫　□收穫不多　□沒收穫

對我們的建議：____________________

請貼
郵票

11466
台北市內湖區瑞光路 76 巷 65 號 1 樓
秀威資訊科技股份有限公司 收
BOD 數位出版事業部

....

（請沿線對折寄回，謝謝！）

姓　名：＿＿＿＿＿＿＿＿ 年齡：＿＿＿＿ 性別：□女　□男

郵遞區號：□□□□□

地　址：＿＿＿＿＿＿＿＿＿＿＿＿＿＿＿＿＿＿＿＿

聯絡電話：(日)＿＿＿＿＿＿＿＿ (夜)＿＿＿＿＿＿＿＿

E-mail：＿＿＿＿＿＿＿＿＿＿＿＿＿＿＿＿＿＿＿＿